新 潮 文 庫

婚活1000本ノック

南　綾　子著

目次

婚活1000本ノック

第一話　クソ男・オブ・ザ・イヤー

この物語の主人公はわたしである。わたしというのは名前のない登場人物の名前のかわりの「わたし」とかそういうややこしいやつじゃなくて、そのまま筆者のことである。筆者は一九八一（昭和五十六）年一月生まれ、職業は小説家一割アルバイト九割、独身、現在のところ結婚の見通しはまったくたっていない――

という冒頭の文章を書いたのは、もう九年も前の二〇一四（平成二十六）年のこと。当時のわたしは三十三歳。そして今、二〇二三（令和五）年十月、四十二歳。現在のわたしは結婚の見通しというか、見通すこと自体をとっくにあきらめた。

本書は二〇一四年十二月に新潮社から単行本として刊行され、その後、二〇二一（令和三）年二月にタイトルと内容を大幅に変え、『結婚のためなら死んでもいい』として文庫化された。なぜタイトルと内容を大幅に変えたのかというと、この『婚活1000本ノック』の単行本が、全く、ちっとも、死ぬほど、びた一文、売れなかったからだ。要するにわたしの中で、この『婚活1000本ノック』は死んだ子供も同然だった。

ところが！　このたび、世界にその名をとどろかす大テレビ局フジテレビ様が、なんと！　この『婚活1000本ノック』を連続ドラマ化してくださるというではないか！　死んだ子供が自ら墓を破壊してよみがえってきた！　そんなわけで急遽《きゅうきょ》、この文庫の発売が決定したのである。

ここで二点、読者の皆様に説明、というか言い訳をさせていただきたい。まずこのドラマ化とそれにともなう文庫発売はかなり急に決まったので、設定や内容を現代にすりあわせる時間がなく、単行本とほぼ同じままになっている。マッチングアプリの利用者はまだかなり少なく、連絡ツールはLINEではなくキャリアメールが主流という時代の話なので、現在婚活中の方々はとくに、さまざまな場面で違和感を持つかもしれない。そして何より、主人公わたしこと筆者は物語の中ではいわゆるアラサー、今にして思えば、世間知らずのクソガキ暴れん坊女だった。現在の筆者は、もう他人の容姿をあげつらったりひどいあだ名をつけたりもしていないし、将来を悲観してめそめそしたりもしておらず、自分一人のための老後資金をコツコツためながら、真面《ま》目《じ》に仕事をし、趣味の麻雀《マージャン》と編み物だけを心の支えにつつましく暮らしている。今のわたしと、この本に出てくるわたしは、全く違う人間なのである。そんなことを念頭において、どうかどうか広い心で、ここから続くアラサークソガキ暴れん坊女のドタバタ婚活劇をお楽しみいただけたら、幸いである。

——これからわたしが書こうとしているのは、わたしが創作した話ではなく、わたしの身に実際に起こったできごとであり、登場するすべての人物・団体はマジで実在する。とはいっても、プライバシーとかコンプライアンスとかいろいろとめんどうくさい問題があるので、実名でマジなことを書いてしまうのはまずいとさすがのわたしもわかっている。なので、ちょっとずつ適当な分量で嘘《うそ》をまぜていく。大体、三割ぐらい嘘だと思っていただいて差《さ》し支《つか》えない。しかし当然、どの部分が嘘であるかを明かすことはできないし、もっというと冒頭からすでにわたしの嘘ははじまっている。だから、三割という数字も怪しんでしかるべきだと思う。

さて、唐突だが、読者のみなさまは、〝霊視体験〟をしたことがおありだろうか。わたしはある。それは二〇一三（平成二十五）年一月の、三十二回目の誕生日を迎える少し前のことだった。

正月休みを終え郷里の名古屋から戻った後、わたしは開放的な気分で日々を過ごしていた。その日はアルバイトがはやく終わったので、駅前のデパ地下に寄り、少し奮発して割り引き前の種類の違う特上寿司《ずし》を二人前買った。帰りの電車に揺られながら、休暇の間にあったあれこれに思いをはせた。三人目が生まれます、結婚が決まりました、上の子が小学生になります……直視したら目が溶けそうな年賀状の数々。母と一緒にタクシー乗ったときに限って、孫自慢ジジイに何度も当たったこと。弟から知らされる、死んだ、逮捕された、ヤクザを破門になったとかいった地元のヤンキー情報。土地柄のせいかやたら多い結婚式場のコマーシャル。やさしい〜森には〜神話が〜生きてる〜（わかる人だけ笑ってくれればいいです）。いろいろなことがあった。何はともあれ、今回は友人の誰とも会う約束をしなかったのは正解だったと改めて思う。なぜなら、報告すべきおめでたいことが何一つないからだ。「年の瀬にヤリ逃げされた」「原稿仕事が目に見えて減ってきた」「膝《ひざ》がダルダルになってきた」などと正直に話しても、みんなをドン引きさせてしまうだけだ。

一人きりでいるより、正月休みに家族といるときのほうが、孤独が募って寂しさに身が震えるのはなぜだろう。

しかし、今回もなんとかそんなつらい日々を乗り越えた。一人暮らしの部屋に帰宅し、二種類の特上寿司計二十四カンのうち、好物のネタ十五カンをピックアップして残りをいさぎよくゴミ箱に捨てながら（主にイカ類。あと巻物。もったいないお化け？　そんなもんしらね）、「自由っていいなあ、すばらしいなあ」とわたしは独り言を言った。

パソコンを起動し、違法アップロードされたテレビ番組を見ながら、寿司を食べる。なんてフリーダムでハッピーな時間だろうとしみじみ思う。夫や子供がいたら、こんなことは決してできないだろう。中学の同級生F子の第二子出産以来の口癖は、「節約のために今後十年はデパートのケーキを我慢する」だった。しかし電話で話をするたびに、「デパートで売っとる皮がパリパリのシュークリームが食べたい」と言うので、去年の正月に買ってもっていってやったら、小躍りしてよろこんでいたっけ。でも半分以上子供に食べられて涙目になっていたっけ。しかもその晩、こっそりかくしておいたはずのわたしの東京土産のねんりん家のバームクーヘンを巨漢の夫に盗み食いされ、「離婚も辞さない」とマジギレしていたっけ。

ケーキだろうと特上寿司だろうと、いつだって好きなときに食べられるわたしは、幸せだなあ。

狭いけど風呂《ふろ》のついた家もあるし、小説の仕事もまだ少しはあるし、ときどき遊んでくれる女友達はたくさんいるし。

幸せだ。

あー幸せだ。

たまらなく幸せ。

幸せだあ。

……さっきから寿司の味がよくわからない。

最後にとっておいたうにの軍艦を二ついっぺんに口に放りこむ。まるで粘土を咀嚼《そしゃく》しているような感じがする。

たとえば今、この口の中のうにの軍艦が急激にモチ化して、のどにつまって死んだら、寿司を食べたことをわたしは後悔するだろうか。

……そーんなにしねえかなあ。

案外、こんなさえない人生もういっか、なんてかるーく死を受け入れるのかもなあ。

もうまもなくで三十二歳。いつまでたっても売れない作家。二十代の終わりに前の彼と別れて以来、彼氏いない歴数年。最近とにかく膝の皮がたるんでダルダル。この先も生きていていいことがあるのかどうか。

いや、ない。

本が売れて彼氏ができる。何年もかけて全くできなかったことが、この先突然できるようになるなんてとても思えない。

そうであれば、このままさえない人生をおくり続けるよりも、いっそ今死んで生まれ変わりに期待する方がずっと効率的ではないだろうか。死んで、ビヨンセの子供に生まれ変わりたい。ベッカムのところの五番目でもいい。アンジーとブラピ（筆者注・この当時は理想のカップルの代表例だった）のところは、なんか嫌だなあ。

今死んだとして、惜しいのは最後にセックスしたのがあの男であるという点ぐらいだった。そう考えるとかなり不愉快だ。晩節を汚《けが》された感じがする。やっぱりまだ死ぬわけにはいかない気がしてきた。せめて最後に、もっとマシな男にヤリ逃げされてから――。

ピンポーンとインターホンが鳴った。

すでに夜の十時をすぎている。

こんな時間に荷物が配達されるはずはない。新聞とかNHKだろうか。とりあえず、室内のドアホンモニターを確認してみた。

建物入り口には誰の姿もなかった。

いたずらだろうか。

少しして、またピンポーンと鳴った。

さっきとは違うトーンの音だった。建物一階のオートロックドアのところではなく、部屋のインターホンが直接押されたのだ。

誰だ。

居留守を使うべきだ。それはわかっている。けれど、見えない何かに背中を押されるように、わたしは玄関へすり足で向かった。

おそるおそる、ドアスコープをのぞき込む。

ダウンジャケット姿のやせた男が立っていた。

とっさにわたしはロックをはずし、ドアを開けた。

男は無言でまっすぐわたしを見た。わたしも黙って彼を見返した。何にも言葉が出てこない。というか、なんと言ってやるのがベストなのかわからなかった。ぶち切れて追い返すべき？　やっぱ追い返すべき？　でもなんか、ちょっとよろこんでしまっている自分がいる。自尊心を傷つけられ、あんなに腹を立て、年の瀬の頃は一時間に二度の頻度で「正月に餅《もち》をのどにつまらせて死にますように」と祈っていたのに、突然会いにこられたらふわふわ浮ついてしまうわたしはいったい何なのか。

こいつこそ、二〇一二年クソ男・オブ・ザ・イヤーの栄冠をわたしが与えた男。もうすぐ三十二歳になるわたしを、四つ下の分際であっさりヤリ逃げした男——。

「なんで何も言わへんの」

男はちょっとはにかみながら言った。

本当なら実名を晒《さら》してこいつの悪事を世に広めたいところだが、さすがにそれはいろいろまずそうなので仮名をつける。山田クソ男（仮名）は二十八歳。職業は医師。大阪府出身。身長百七十七センチ前後で体型はやせ型。決してイケメンではないが、どことなく憎めない顔をしている。わたしは広島東洋カープ（筆者注・現ミネソタツインズ）の前田健太に似ていると思う。性格はクソ。とにかくクソ。うんこ以下。

山田にされた仕打ちを一つ一つ思い返したら、わずかなよろこびは消え失《う》せ、怒りがじわじわとよみがえった。わたしは腕を組んで胸をそらし、「何の用？」と冷たく言い返した。

「あのな、俺な、実は幽霊やねん」

「……は？」

「マジやねん。俺、死んでんねん」

わたしはまた、じっと山田の顔を見つめ返した。こいつは以前から突然何の脈絡もなく「俺な、実は視力四・〇やねん。サバンナでライオン発見できるで」とか「俺のひいひいひいじいちゃんは忍者やねん。松尾芭蕉《まつおばしょう》っていうねんけどしってる？」などとわけのわからないことを言うことがあった。こいつなりにわたしを笑わせようとしていたのだろう。わたしは決しておもしろいとは思わなかったが、こいつの目的はヤリ逃げすることで、わたしはその後まんまとヤリ逃げされたので、こいつの術中にはまってしまったということなのだろう。

そんなことはどうでもいい。今夜はいったい何の目的で？　まさかまたヤリ逃げしに？　バカじゃないの？　死ねばいいのに。

「バカじゃないの？　死ねばいいのに」

「だから、もう死んでんねん。証拠見せたるから、部屋あげて」

「いや無理だし、はやく帰ってよ」

こちらがそう言い終わらないうちに、山田はするっと中に入ってきた。

数秒わたしは、その場に立ちつくした。なんだか、すごく変な感じがした。体がぶつかったはずなのに、どこにもふれていないような。自分の中を通り抜けたような。

山田は台所の前を通って部屋にはいると、パソコン前の椅子《いす》を指さし、「座って」とわたしに命じた。わたしはさっきの不思議な感覚を引きずったまま、なんとなく素直に従ってしまった。

「パソコンで俺の名前、検索してみ」

サーチボックスに山田の本名の一文字目を入力する。去年のヤリ逃げ後、毎日のように山田の名前をググっていたせいで、予測変換ですぐにフルネームが出てきて焦《あせ》った。が、運良く山田はきょろきょろと部屋の中を眺め渡しているところだった。

「なんか、今日は散らかってんなこの部屋」山田はつぶやいて、ふっと笑った。「この前きたときは、ちゃんと掃除してくれとったんやな」山田はつぶやいて、ふっと笑った。

当たり前だろクソ男。あの日はおまえのために原稿締め切りを一つブッチして、半日かけて大掃除したのだ。窓ふきなんて年末でもやらないのにぴっかぴかに磨いた。それなのにおまえは。それなのに。

「新聞記事、出てきたやろ？」

山田から視線をそらし、パソコン画面に向き直る。確かに、いくつかの事件記事がヒットしていた。適当に一つ選んでクリックする。わたしは記事を読みあげた。

「東京都渋谷区の路上で三日夜、同区の医師、山田クソ男さん（28）が胸を刺されて殺害された事件で……え、マジ？」

「マジやで」

他の記事も開いて見ていった。全部同じことが書いてあった。山田の本名は、姓はありふれているが、名前は当て字でかなり珍しい。同姓同名で同年齢の医師が同じ渋谷区に住んでいる偶然があるかどうか。絶対にないと断定するのは難しいが、ありそうだとも思えなかった。

そのとき、わたしはあることに気づいた。容疑者として逮捕された女の名前。

「ねえ、この女って」

「そう、あいつや」

山田はなぜかちょっと得意げな様子で、事件当夜のことを説明しはじめた。

一月三日の夜に実家のある大阪から都内に戻ってきた山田は、遊び仲間の男達と六本木のクラブに出かけた。そしていつものようにナンパで女をひっかけ、自宅に誘うことに成功。女とともにタクシーで向かうと、自宅マンション前の路上で、山田の自転車のタイヤに刃物でプスプスと穴を開けている女がいた。

G子だった。G子は山田と同じ大学の看護学部卒のナースで、一年生のときに三ヶ月だけ交際して別れた後も、ずっとつかず離れずの関係を続けていた。山田は気が向いたときにG子を自由に呼び出していた。が、G子からの連絡はほとんど無視している様子だった。

その夜、東京はかなり冷え込んでいた。しかし、G子は裸足《はだし》に薄手のワンピース一枚で、なぜか顔は汗だくだったという。女連れの山田を目にすると、「わーっ」と叫んで泣き出した。そして「五日まで家族とオーストラリアだって言ってたじゃんっ」と金切り声をあげると、包丁の刃先をまっすぐ彼に向けて走り出した。

「あいつ、さすが外科のナースやな。刺しどころ抜群でショック死ボンバーやったわ」

あまりに幼稚でバカバカしい表現にわたしは言葉を失った。こいつは本当に医師なのだろうか。

「なんや、その顔」

「マジで死んでんの？　幽霊なの？」

「そうや。殺害されたって新聞に書いてあるやん。それにほら、俺、少し浮いてるやろ」

山田の靴を履いたままの足下をのぞき込んだ。よーく見ると、確かに一センチぐらい浮いていた。

「マジだ」

「聞きたいことあったらなんでも聞いてくれてええで。幽霊としゃべる機会なんてめったにないやろ。小説のネタになるんちゃう」

わたしは腕を組み、しばし考える。「……死んだ日、クラブでナンパした女は、なんて言って家に誘ったの？」

「つまらんこと聞くなや」

「『俺が英語で書いた論文、読みにきてくれへん？』って言った」

開いた口がふさがらなかった。わたしのときと全く同じじゃないか。

「なんで女って、こんな言葉でホイホイ家についてくるんやろな」山田はどうでもよさそうに顎《あご》をぽりぽりかきながら言う。「で、家について俺が論文出さんでも、見せてって言ってくる女なんてほとんどおらんしな。自分ぐらいやで。何回も『論文は？　論文は？』ってしつこかったの」

「……なんで、五日まで家族でオーストラリアなんてG子さんに嘘ついたの？」

「あいつ、いつ会えるいつ会えるってうるさいねん。年末年始の休み、二時間でも一時間でもいいから会いたいとか、何回も何っ回もメールしてきて。友達と遊ぶって正直に言っても、どうせ女と会うんでしょとかねちねち文句言うやん」

「だから嘘ついたの？」

「うん」

「なんで正直に、予定が空いてないわけじゃないけど、君と会う気はないって言わないの」

「だから、面倒くさいやん」

「あんたからの連絡、ずっと待ってて苦しかったんじゃない？　彼女」

「待っててくれなんて頼んでへん」

「でも、また連絡するわ、とか思わせぶりなこと言ってたんでしょ、どうせ。そういうこと言うとき、待つ人の気持ちは考えないわけ？」

「待つのがイヤならやめればええやん」

ああクソ男。まさに「クソ男・オブ・ザ・イヤー・２０１２」にふさわしいクソ男ぶり。大して顔はよくない。性格は最悪。ぼそぼそと小声でしゃべるのでときどき何を言っているのかわからない。とりえは医師であることぐらい。こんな男がなぜやたらとモテるのか。G子はなぜこいつのために人生をフイにしてしまったのか。

そしてわたしはなぜ、こんなクソ男に一ヶ月近くもの間、執着し続けていたのだろうか。

「死ねばいいのに」

「もう死んでる」

「二回死ね、いや百回死ね」

「なんでそこまで言われなあかんねん。ていうか、もっと有意義なこと聞けや。俺はガチの幽霊やで」

「じゃあ……あ、そうだ。刺されたとき、痛みは感じた？　苦しんで死んだの？」

わたしは眉間《みけん》にしわを寄せ、心配そうな顔を作って聞いた。

「いや、それがな」山田はちょっとだけうれしそうな表情になると、「めっ」とうめいてからしばらく息をとめ、

「……っちゃ痛かった。あいつ、腎臓《じんぞう》ねらってきてんで？　めっちゃ痛いねん、腎臓。しらんやろ。腎臓って神経集中してな、刺したらクッソ痛いねん。プロの手口や。あいつ、鬼やで」

「ざまあ味噌《みそ》漬け」わたしはアハハハと声をあげて笑った。

「おい、笑いすぎや」

「あー、いい気味。ご愁傷さま」

「自分の家の前で死ぬまでのたうちまわったんやぞ。少しは気の毒やと思わへんの？」

「全く。で？　なんなの？　あんたが自業自得《じごうじとく》で犬死にしたのはわかったけどさ、今更ノコノコとわたしのところに現れて、一体何の用？　悪行をはたらいた相手に謝

罪してまわらないと成仏《じょうぶつ》できないの？」

「俺はおまえに謝罪する気などない」

「あっそ」

「だがしかし、いまのところ、お前の指摘する通り、俺は成仏できてへん」

「で？」

「成仏できへんのにはいろいろ原因があるらしいんやけど、はっきりしたことはよくわからへん。ただとにかく、噂《うわさ》で聞いたんやけど、いつまでも成仏できんと生まれ変わりとかに支障がでるらしい。下手すると虫に生まれ変わるらしいで。いややろ？来世がカブトムシとか」

「らしいらしいばっかで、言ってることがよくわかんない。噂って何？」

「先輩の幽霊から聞いた噂や。あんな、俺もこうなってからしったんやけど、幽霊って生きてる人間の目には見えへんだけで、実はいたるところにうじゃうじゃおんねん。自分に俺が見えてるのは、俺がわざわざ見せてやってるからなんやけど、でもむやみやたらに人前に出ると成仏が遅れてしまうんやって。だから、本当はひっそりと隠れとかなあかんねん。なんでやろ？　霊界におる偉い人の怒りを買《こ》うてしまうんかな」

「ますます意味不明」

「まあ俺も、あの世の詳しいシステムはようわからん。とにかく俺は、なんとしても成仏したいねん。できれば一年以内に成仏したい。でないと、虫になってしまう。それでな、先輩から聞いたんやけど、成仏するための方法がいくつかあるらしいねん。その一つがな」

山田はそこで言葉を止め、ぐいっとこちらに顔を突き出した。

「死ぬ前に誰かとしたまま果たされずにいる約束を、果たしてやること……俺はそのためにここにきたんや」

「もったいぶった言い方してないで、はやく用件を言えよ、負け犬が」

チッと山田は舌打ちをする。「自分、前に温泉いきたいって言うてたやん。数年ぶりに彼氏ができたら、二人で温泉にいきたいって。温泉が大好きやのに相手がおらんから、毎年一人で温泉宿泊まってて、だけどそれが毎回猛烈にさみしいから、いつか彼氏と温泉いきたいって」

思わずわたしは目を閉じた。そうだ。わたしは山田と最初に食事デートしたとき、ついうっかりそんなことを話してしまった。それがすべての間違いの元だった。この男はぬけぬけと言ったのだ。「俺がその願いかなえたるわ。登別《のぼりべつ》でも別府でも、綾子《あやこ》ちゃんの好きなところに連れてってたる」

その言葉を、告白の代わりだと受け取ってしまったわたしは、まんまとその後……。

「俺、結構珍しいねんで。ああいう、無駄に女を期待させること言うの。でもあのときは、なんでかしらんけど言うてしもた。先輩の幽霊から〝最後の約束〟って言葉を聞いて、すぐにあのときの話を思いだしてん。……南さんを温泉につれていくことやって」

「で？　わたしにお化けと一緒に登別にいけって？　イヤだけどね」

「いや違う。自分の望みは、彼氏と温泉にいくことやろ。俺は彼氏になられへん。幽霊やから。それに自分が望んでる彼氏はただの遊び相手やなくて、結婚を前提とした彼氏やろ？　年齢的に考えてもそうやし、ていうか結婚したいんやろ？　そういう相手を見つけるためには今こそ真面目《まじめ》に婚活をやるべきやと思うねん。だからな、俺が婚活のアドバイザーになって手取り足取りサポートしてやるから、今年こそがんばって彼氏を作って、一年以内に温泉にいってくれ。そして俺を成仏させてくれ」

「……」

「しかも自分、婚活小説依頼されて書いてるって言うてたやん。あれ、進んでへんのやろ？　婚活して彼氏できて小説書いて本を出す。そして俺は成仏する。一石三鳥やん。最高や」

「やりません」

わたしはきっぱり宣言した。

「なんでや」

「いやいや、なんであんたのために婚活なんかしなきゃいけないわけ？　嫌だね。やりたくない。わたし、今そういう気分じゃないの。ていうか、婚活はここ一、二年の間にもう十分やったの。お見合いパーティもいったし、街コンもいったし、去年なんて合コン十五回もやった。でも全然彼氏ができない。いい人に出会えない。出会えたとしても、向こうは全然その気じゃない。この一年だけで何回振られたと思ってんの？　去年の終わりになってやっと、今度こそいけるかもって人に出会ったのに……ヤリ逃げされた」

三十二歳目前にしてヤリ逃げ。

しかも相手は年下の男。

こんな屈辱あるだろうか。

自尊心を粉々に打ち砕かれ、自分の女としての価値はゴミレベルにしか思えなくなり、何のために生きているのかわからなくなった。朝起きたらスマホのメール作成画面を開き、「死にたい死にたい死にたい……」と何行も打ちまくったあげく、自分のアドレスに送信するという謎《なぞ》のルーティンワークが一ヶ月やめられなかった。正月休みに実家に帰って母の顔を見た瞬間、情けなくて泣きそうになった。もうすぐ三十二にもなるのに、結婚できないどころか、彼氏を作る段階で何度もしくじりを繰り返し、あげくヤリ逃げされて帰ってくるなんて。こんなバカ娘そうそういない。

「あんな、うまくいかへんのは必ず原因があるはずやし、二人で協力したら何かつかめるかもしれへんやん」

「いいの、もう。今って四人に一人は生涯一度も結婚できないっていうじゃん。わたしってその一人なんだよ。その事実を受け入れることにした。そもそもさ、結婚したからって幸せになれるとは限らないんだよ。反対に、一人でいるからって不幸なわけでもない。そうでしょ？　わたしにはわたしなりの幸せの形があるはず」

山田は何か言いかけて、口をつぐんだ。一重まぶたの鋭い印象のある目で、わたしをじっと見る。

「どうせ小説だって書いてもボツになるし。確かに、婚活小説やりましょうってS社の人に言われてるけどさ、もう何回も何っ回もボツになってるもん。わたしの本なんて出す気ないんだよ、あの会社」

「まあ、今日はひとまず帰るわ」山田は言った。「またくるわ」

「何度きても同じ。他の人との約束にかえなよ。G子さんのところにでもいけば」

「俺にはわかるねん。自分は近いうち、気がかわって俺と婚活することになると思うで」

山田はそう言うと、「じゃ」と右手をあげた。そして玄関ではなくベランダのほうへすたすた歩いていき、窓を開けてぴょんっと外に飛び出した。

あ、と思ったときには、もう姿が消えていた。

わたしは窓を閉め、ベッドに腰掛けた。急に猛烈な眠気が襲ってきた。フラつきながらもう一度立ち上がってパソコンを閉じ、照明を消してベッドに潜り込んだ。きっと今、わたしは夢を見ているのだと思う。朝起きたらいつも通りの日常が待っている。山田クソ男は死んでなんかいなくて、今もどこかでその晩限りの女を抱いている。

あっという間に眠りに落ちた。目が覚めたら昼過ぎだった。なんだか額のあたりが異様にかゆく、手で触れてみると、手のひら大のポストイットが貼《は》り付けてあった。そこには恐ろしいほど汚い字で「草食系　それなら君は　草になろう」と書いてあった。

山田に話した通り、わたしは一昨年から昨年にかけ、あらゆる種類の婚活にいそしんだ。

S社から依頼された小説の取材目的でもあったが、結婚相手を探そうと本気で出会いを求めてもいた。遅くとも三十二歳になるまでには原稿を完成させて本を出し、なおかつそのあとがきで「実は本書の取材活動において、すてきなご縁がありまして……」と結婚を大々的に発表、いや自慢するのが密《ひそ》かな目標でもあった。特に昨年は、小説の仕事を後回しにするのもいとわない勢いで、合コンやお見合いパーティなどの予定を入れまくった。「デートに誘われたら断らない。誘われなかったら誰でもいいからその場にいる誰かを自ら誘う」をモットーに、週末ごとに違う男性と食事デートをした月もあったほどだ。

しかし実らない。

どうしても彼氏ができない。

向こうから言い寄られたときに限って、相手に全く好意を抱けない。その中には、いわゆる高スペックと呼ばれるような男性もいた。しかし何かがどうしても受け入れられず、二度目のデートをお断りしてしまうばかりだった。

勇気を出してこちらからデートに誘うことも、もちろんあった。二十代は完全受け身の動かざること山のごとし女だったことを考えれば、我ながら驚異的な進歩だ。しかしやはり実らない。高望みはしていないつもりだった。自分のスペックと相手のスペックを照らし合わせ、慎重に精査し、「この人ならイケるかな〜」と判断できた場合に限ってこちらから動いていたつもりだった。一度はデートしてもらえてもその後が続かない。「また機会があればいきましょう」と社交辞令丸出しのメールが来てフェードアウト。酷《ひど》いときは無視。無視無視無視アンド無視。

婚活をはじめて約一年半がたった昨年秋頃、合コンやお見合いパーティだけに出会いの場を求めることに、わたしは限界を感じるようになった。同じことを繰り返しても、出る結果も同じ。何か新しい風のようなものがほしかった。そんなとき、S社の担当編集者から「都内某所にある、必ずナンパされるスタンディング・バー」の存在を教えられた。場所柄、チャラチャラした若者は少なく、大手企業サラリーマンや士業などの身元が確かで高スペックな大人の男性が多く集まっているという。

何かピンとくるものがあった。わたしはさっそく友人J子（三十二歳・彼氏いない歴三十二年）を誘い、取材もかねてそのバーへいってみることにした。

そこで出会ったのが、山田クソ男だった。

実際に声をかけてきたのは山田ではなく、全く無関係のやたらと陽気な男だった。

その男は一方的な自己紹介を済ませると、周りの男をひっつかまえてはわたしたちと無理やり握手をさせるということをやりはじめた。大抵の人はうれしそうに握手に応じたあと、品定めするような目でじろりとこちらの顔を確かめ、そして半笑いで去っていく。わたしもJ子も、その時点でプライドはもうがたがただった。S社の担当編集者から「客は男性のほうが多いらしいんで、よほどのブスでない限り絶対ナンパされるらしいっすよ」「年齢層はそれなりに高いみたいです。三十代前半だったら余裕でモテそうっすよ」などと聞かされていた。しかし、一時間近く店にいても、わたしたちは謎のご陽気男以外の誰からも声をかけられなかった。周りは二十代の若者ばかり。その上、ご陽気男によるこの仕打ち。今年一番不運な夜だと思った。

何人目かで、ご陽気男に引っ張られて山田が目の前に現れた。やけっぱちな気分だったわたしは、相手の顔も見ずに握手を拒否し、「もういいから！　もういいから！」と二人を押しのけて帰ろうとした。

「なんで？　俺も握手したいと思ってずっと見てたのに」

わたしは振り返って、彼を見た。

正直、顔はネズミ男みたいでちょっとキモいと思った。

しかも服装はそろいのジャージの上下に、足下はサンダルとバカ丸出しの格好（あとで聞いたら、その日まで山田は盲腸で入院しており、退院と同時に友達に遊びに連れ出されていたらしい）。

けれど、この人を逃して帰ったら、一ヶ月は後悔し続ける、と直感的に思った。

山田はにっこり笑った。出っ歯がむき出てますますキモいと思った。

「で？　帰るん？」

「いや、帰らない」

わたしは言った。そして彼と握手をした。ほどなくして、彼が都内の病院に勤める整形外科医だとわかり、自分の直感は間違っていなかったと心の中で有頂天になった。

終電が近いことを告げると、彼はとくに引き留めようともせず、「じゃあ今度食事しよう」と連絡先を聞いてきた。翌日すぐに彼からメールが来て、一週間後、彼が予約してくれた豚しゃぶ屋で食事デートをすることになった。

出会ったスタンディング・バーは照明がかなり暗く、はっきりと顔が見えたわけではなかった。明るいところで会う彼は、記憶にあるよりさわやかで、みだしなみもきちんとしていて医者らしい清潔感もあった。「だらしのないネズミ男」という印象が、会って三秒で覆《くつがえ》った。

食事中の彼は、常に淡々としている感じだった。これまでの経験上、デート相手の男性がこちらに気がある場合、会話にやたらめったら自分の自慢を混ぜ込んでくるか、こちらをチヤホヤしまくるかどちらかのパターンが多かった。チヤホヤの場合は要注意で、ただ単にセックスしたいだけだったりする。山田はそのどちらでもなかった。医者であることを鼻にかけることもなく、むしろあまり仕事の話はしたがらなかった。冷やし中華が好きだから将来は冷やし中華屋になりたいだの、冬場はオーストラリアで商売するつもりだの、背中の後ろで手を組めるほど体が柔らかいだの、どうでもいいことばかり話していた。そして、チヤホヤどころかわたしを褒めるようなことは一切口にしない。かといって、全く気がなさそうかというとそうでもなく、ときどきさりげなく「自分、モテるやろ」「あの晩、他に話したいと思う女なんておらへんかった」「若い女にもともと興味ないねん」などとこちらの心をくすぐるようなことを言ってくる。このさりげなさこそ、本気の証《あかし》かもしれないとわたしは思った。食事がはじまって一時間ぐらいする頃には、彼と結婚式をあげているところをわたしは妄想していた。医師でありストレートで国立医大に合格という超強力なバックボーンが、すでにわたしの判断力・洞察力・自制力を通常の半分以下のレベルに削《そ》いでいた。気がする。

そして、そんな状態に追い打ちをかけるような、「俺が綾子ちゃんを温泉連れてったるわ」宣言。もう正式なお付き合いは決まったも同然だと、バカで間抜けなわたしは確信してしまった。英語で書いた論文の話は、何の脈絡もなく突然出てきたのだが（確か、お互い好きなお好み焼きの具材の話をしているときだったと思う。終電も近かったので焦っていたのかもしれない）、その唐突さなどもう全く気にならなかった。

店を出て、タクシーに乗り、彼の部屋にいった。そして、いたした。いたした後も、彼の態度は変わらなかった。淡々としていた。いや、少しは優しかったかもしれない。しかし、別れ際《ぎわ》になっても、次回をにおわせる発言は彼から出てこなかった。

「久々にやらかしてしまった……」と初回のデートで関係を持ったことを、わたしはすぐに後悔した。相手に付き合う気は全くなく、一度限りの相手だったのだと素直に受け入れた。当然、こちらから彼と連絡をとろうとはしなかった。

ところが数日もしないうちに、彼から次の誘いがあった。今度はわたしの部屋に泊まりたいという。

もちろん即ＯＫした。わたしのマンションの近所で食事をし、その後部屋に呼んだ。このために、締め切りをブッチしてまで大掃除を決行したことは前述の通りだ。その日の山田も、前回と同じく淡々としていた。が、部屋までの道すがら、唐突に味噌汁の味噌は何味噌か聞いてきたので、これは今後生活をともにすることを考えているのかもしれないとわたしは思った。部屋に着くと、エアコンのフィルターの清掃頻度について尋ねられた。ベランダの窓がぴかぴかであることを褒められたりもした。とにかくこの人はわたしとまじめに交際することを考えている。そうでなければ味噌汁のことなど気にするだろうか。いや、しない。そもそも、ヤリ逃げするつもりだったら二度は会わないはずだもの。二度会ったという時点でヤリ逃げではないもの。そう、自分に言い聞かせた。言い聞かせながら、いたした。言い聞かせている時点で、何か予感めいたものをすでに胸にいだいていたのかもしれない。

朝、彼が帰るとき、前回同様、次の約束はできなかった。その後、三日間連絡がなかった。四日目、思い切ってこちらから誘ってみた。

すると、二週間後に会おうと彼からすぐに返信があった。わたしは心底ほっとした。

ところが、その約束の前日になって、突然のキャンセル。別の日程を提案するでもなく、理由も明かさず、一方的な通告だった。さりげなく（いや、もしかすると全然さりげなくなかったかもしれないが）予定を伺うと、「忙しいからまた連絡する」という脈無し感満載のそっけない返事。

その後、彼からの連絡は一切なかった。

何度かさりげなく（いや今考えるとまったくさりげなくなんかなかった）様子伺い

のメールをしてみたが、無視。

無視。

無視。

無視。

落ち込んだ。

あと少しだったのに、何がダメだったのか。自分の気づかないところで、とりかえしのつかないミスでもしてしまったのだろうか。むだ毛の剃《そ》り忘れ？　もしかして、ご飯食べているとき奥歯に詰まった鳥のささみをこっそり指をつっこんで取り除いたのを見られていた？

挙げだしたらキリがなかった。というか、考えても答えはでなかった。落ち込むわたしを、Ｊ子が再びあのスタンディング・バーへ連れ出してくれた。失恋の記憶は別の男で上書きするのが一番だ。

今度は前回とは違い、入店してすぐに声をかけられた。しかし、相手の顔にどことなく見覚えがあった。相手も同じく不思議そうにこちらを見ている。

「……アレ？　君、この間、クソ男に声かけられてなかった？」

そう言われて思い出した。山田に出会った日、彼のそばにいた男だ。確か、草野球サークルのチームメイトだと話していた。

「あの後どうしたの？　二人で会ったの？」

わたしは肯定も否定もせず、ただへらへらしていた。男は我が意を得たりとばかりにニヤついた。

「あーわかった。ヤられちゃったんでしょ、君も。ダメだよー、あんなヤリチン糞《くそ》野郎《やろう》と遊んじゃあ。すぐ家に連れ込まれちゃうんだから」

ヤリチンに糞野郎までつけるとはひどい言いぐさだ。わたしは何も言わず、男の言葉の続きを待った。

「あいつってさ、特にイケメンでもないのに、やたらと女捕まえるのがうまくてはやいんだよな。だって、中二のときに初体験すませて以来、ずっと週に一度はセックスしてるって言うんだぜ？　それが誇張でもなくマジでマジなんだからさー、すげえよ。今日は先週クラブでナンパした二十三歳の美容師とデートするって言ってたけど、今頃家に連れ込んでるのかもな。今度は何回目で飽きるのかな。はやいと二、三回でポイなんだけどね」

男は勝手にベラベラしゃべった。不思議とわたしは何も感じなかった。ただ、男の顔がひょっとこにそっくりだったので、面白い顔だなあと思いながらへらへらし続けていた。

冷えきった自分の部屋に帰ってきてはじめて、悲しみがこみ上げて涙が少しだけ出た。その後、いや、悲しいというより情けなかった。今頃、結婚している同級生たちは、夫婦で晩酌を楽しんだり、子供と川の字になって眠ったりしているんだろう。それにひきかえ、もうすぐ三十二歳になるのに、彼氏ができないどころか年下男にヤリ逃げされている自分。一体どこで何を間違えたのか。どうしてこんなに何もかもうまくいかないのだろうか。彼氏ができない。どうしてもできない。家に引きこもり続けた結果、今があるわけではない。この一、二年の間、出会いを求めて積極的に活動してきた。自分でもよく頑張ったと思う。でもできない。押してもできない。ひいてもできない。世の中にはとくにこれといった努力をしなくても、途切れることなく恋人を作ることができる人がいる。もしかするとそっちのほうが大多数なのかもしれない。つがいをつくって子をなす。生き物として当たり前の行動だからだ。恋人ができないことが人生最大の悩みって、何なのだろう。こんな人生もう嫌だ。わたしの何がだめなのか。もうわけがわからない。

寂しい。

それから一ヶ月ほど、落ち込んだまま過ごした。自尊心はボロボロだった。一時は本気で死にたいとすら思った。死んでビヨンセの子供に生まれ変わりたかった。三十歳を過ぎてヤリ逃げされると、これほどまでに大きなダメージを受けてしまうのだということを学んだ。

しかしこうして時間をおいて振り返ってみると、山田のクズっぷりなど大したことなく、むしろ自分のバカさ加減のほうが常軌を逸しているようにも思えてくるが、それでも山田がクズであることには違いない。死んだのは自業自得。あいつが成仏できようとできまいと、心底どうでもよかった。協力するつもりは一切ない。そもそも、あいつに話した通り、今は合コンにもお見合いパーティにも本当に全くいきたくなかった。また傷ついたりがっかりしたりするぐらいなら、一人気ままな時間を過ごすほうがよっぽど有意義だ。このまま、一人きりで生きていく人生を受け入れる準備をはじめようと、わたしは本気で考えはじめていた。ひとまずは、彼氏だの結婚だのといったことから距離をとりたかった。

そのわたしの醒《さ》めた気持ちを察したのか、あの晩以来、山田は姿を見せなかった。わたしは三十二歳の誕生日を一人静かに迎え、そして一月が過ぎ、二月になった。その頃には、あの山田との邂逅《かいこう》はやっぱりただの夢だったのではないかと思うようになっていた。

二月は小説の仕事がほとんどなかったので、バイトの予定を入れまくっていた。ちなみにわたしの今のバイト先は探偵事務所で、わたしはもちろん探偵でなく、事務員として採用されている。実質はただの雑用係だった。詳しい仕事内容はこの小説の趣旨とは無関係なので差し控えるが、個人的に一番嫌いな作業は盗聴した音源のテープ起こし（起こしながらつい自分アレンジで面白いセリフに変えたくなってしまう）、一番好きな作業は男性用下着に特殊な液体をふりかけて精液の跡を浮かびあがらせること（理由はとくになし）。

二月の終わり、仲良しの同僚たちと焼き肉を食べにでかけた。メンバーは四十代のベテラン探偵I夫さん、三十代の探偵三年目のR助さん、四十代の経理担当Y子さん、そしてわたし。I夫さんはバツイチで独身だが、モデル並みの男前で常に恋人がいる。今は十歳年下の客室乗務員と同棲《どうせい》中らしい。R助さんは新婚三ヶ月。Y子さんもバツイチで、二番目の旦那さんと自分の連れ子と三人暮らし。つまり、パートナーがいないのはわたしだけだった。

そのためこのメンツで集まると、わたしの婚活失敗話は酒の肴《さかな》にされがちだったが、その晩はあまり話す気になれず、何か聞かれても適当にはぐらかしていた。

しかし仕事柄、相手のプライバシーに踏み込むことに躊躇《ちゅうちょ》がないせいか、三人ともあれこれと詮索《せんさく》するのをやめなかった。それでもわたしが「まあ、いろいろありますよ」などとごまかしていると、I夫さんとR助さんの男性二人は褒め落とし作戦にうって出はじめた。

「でもさあ、南ちゃんて、そんなブスってわけでもないのにねえ。いや、俺はむしろ美人なほうだと思うよ。なのに、なんで彼氏ができないんだろうねえ」

「高嶺《たかね》の花だって思われてるんじゃないですか？」

「そうかもな。美肌だし、全然三十代に見えないよ。二十九ぐらいに見える」

「髪切ってますます綺麗《きれい》になりましたよね。ていうか、本当は今誰かいい人がいるんじゃないの？」

そうやってチヤホヤとほめそやし、調子に乗せてしゃべらせようとしているのは明らかだった。普段ならホイホイつられていたかもしれないが、今日は付き合う気になれなかった。単に気分がのらなかった。

「でもさ、南さんって気を抜いているときは結構ヤバイよね。男から見てアレってどうなの？」

さっきから黙々と牛ホルモンを焼いていたY子さんが言った。

「どうなのって、何が？」とR助さん。

「いや、だから、南さんってさ、会社にスッピンでくるじゃん。二十代の頃はよかったけど、最近、日によってヤバイときがあるんだよね。あー、老《ふ》けたなあって思うもん」

酔っぱらいの話すこととはいえ、老けた、という言葉に胸がチクッとした。そうだよな。老けたよな。だからスタンディング・バーにいってもモテないし、年下男にまともに相手にされずヤリ逃げされるんだろうな。

「だって、ほら見て」Y子さんはいきなりわたしのこめかみを指でぎゅっと押してきた。

「ここにでっかいシミがあるの、わかる？　今は化粧と髪の毛でごまかしてるけどさ、すっぴんだと目立つのよコレが」

「え？　どこ？」「どこだよ」男性二人が顔を突き出すと、Y子さんはわたしのこめかみを指で連打した。

「面倒くさがってないで、はやく皮膚科いってレーザーやってきなよ、みっともない」

みっともない。またグサッときた。それでも、場の空気を悪くしたくなかったわたしは、ヘラヘラしながら「だってレーザー、十万かかるっていうんだもーん」とおどけて言った。

「皮膚科といえば、俺、四十過ぎてるんだけど、髭《ひげ》の永久脱毛しようと思ってるんだよね」

ジェントルマンのI夫さんが話題を変えてくれた。その後は誰もわたしの婚活話に触れようとしなかった。話題はI夫さんの髭脱毛から、探偵事務所の副所長のバレバレのヅラについて、さらにそこからR助さん宅で飼われはじめた猫の抜け毛事情に移り変わっていった。

「猫って、舌で舐《な》めとった毛を毛玉にして、腹に溜《た》めてから吐き出すんですよ。しってました？　俺、飼いだしてはじめてしりました」

「へえ、そうなの？」

「いいな、わたしも猫飼いたいです」

「かわいいよー、俺も奥さんももうメロメロ」

「いやいや南ちゃん。一人暮らしの女の子が猫飼ったらもう終わりよ？　男なんて必要なくなっちゃうよ」

「いや、もうすでにそんな心境なんで、いっそ猫でも飼っちゃったほうが」

「つーか、そんなんで恥ずかしくないわけ？　南さん」

Y子さんの突然の大声に、一同は息をのんで黙った。

「え？　どうなの？　女として恥ずかしくないのって聞いてるの。あのね、わたしは南さんより十歳以上年上で、しかも南さんのバカにする経産婦、中学生の子持ちだけど、ぶっちゃけ南さん、全然わたしと勝負になってないからね、女として。同じリングにも立ててないよ。ねえ、どうなの？　恥ずかしくないわけ？」

とっさに言葉が出なかった。わたしは今、侮辱されているのか？

「ちょっと、聞いてるの？　わたしは真剣な話をしてるんだからね？　あのね、いい歳《とし》した女に男がいないって、自分で思ってるより相当恥ずかしいことなんだよ。女としての価値を誰にも認められてないってことなんだから。価値ゼロ。肌がきれいだの何だの、そんなことは関係ないんだよ。自分を好きでいてくれる男が一人でもいるかいないか、女はそれだけが大事なの。いるの？　南さんのことを好きだっていう男」

「……そりゃ、たまには、誰かに言い寄られたり……」

「言い寄られてるだけじゃん。でも全然うまくいかないじゃん。しかもどうせ単なる体目当てでしょ。ここ数年の間、一度でも男から真面目に『付き合ってください』って言われたことある？　ないでしょ？　はー、なっさけない」

「いやいや、Y子さん。そのうち南ちゃんにもいい出会いはあるよ。たまたま、今は一人だけどさ」

「ないない、そんなのそんなのないから、I夫さん。絶対ない。この人、もう三十すぎてるんだよ、もうろくな男と出会えないよ。そんな世の中甘くないって。女は一つ年をとるごとに価値が目減りしていくの。女の若さは男の年収だって言うじゃん。ていうか、なんでI夫さんはそう南さんを甘やかすの。ダメだって、きつく言ってやんなきゃ。美人だとかおだてるから勘違いするんだよ、この人は。一度、がっつり言ってやんなきゃって、わたしはずっと思ってたの。いい？　南さん。あのね、男がいない時点で、実際の見た目に関係なくその女はブス決定なの」

わたしの頬は完全に石化し、ぴくりとも動かなくなっていた。ぶつけられた言葉の数々がうまく消化できない。ただただ、動揺していた。動揺しつつ、Y子さんはわたしが以前、社内不倫している同僚のE美さんについて、「探偵のくせに職場で不倫ってどうなんだろう。あのはしゃぎっぷりは経産婦とは思えない」と話したことを、経産婦をバカにしたととらえて根に持っていたのだろうな、そしてわたしばっかりチヤホヤされてちょっとむかついたんだろうな、と頭の隅っこで冷静に考えたりした。表情を固まらせたままノーリアクションのわたしに、さすがのY子さんも気まずさを感じはじめたのか、「つーか、このハラミ、臭いっ」と怒りの矛先を肉にかえ、それ以上は何も言ってこなかった。

やがて、いつもより少し早いタイミングで「二軒目いこー」とY子さんが言い、我々は焼き肉屋を出た。なるべく一次会で帰るようにしているわたしは、極力普段と同じ態度で「お疲れさまでーす」と手をふり、皆に別れを告げた。

しかし背を向けた瞬間、涙がこみあげてきた。

三十過ぎの女が夜更《よふ》けの飲み屋街を泣きながら歩いているのはヤバイ。怖すぎる。せめて涙をこぼしてしまわないよう、上を向き鼻呼吸を止めて耐えた。うにの軍艦巻きとか海老《えび》マヨネーズとかホルモン焼きとか好物を思い浮かべて気分をあげようとした。しかし、さっきのY子さんの言葉ばかりが頭の中をぐるぐる回ってしょうがなかった。

いくら気の置けない同僚とはいえ、Y子さんは言いすぎだったと思う。男がいないというだけで、なぜあそこまで言われなければいけないのか。悪態を通り越して人格否定だ。悔しかった。でも何がどう悔しいのか自分でもよくわからなかった。わたしは彼女の言葉の、何に傷ついているのか。ブスと言われたこと？　三十過ぎたらろくな男と出会えないと言われたこと？　それとも全部？　もうよくわからない。よくわからないけれどとにかく悔しくて悲しかった。

駅に着いた。週末のせいか、ホームは混み合っていた。急行待ちの列に並ぶ。すぐ前のカップルのぎゅっとつないだ手と手を見て、再び涙がこみあげた。またこらえようと上を向いたら、ホームの上の柵《さく》みたいなところに、おびただしい数のハトがビッチビチに詰った状態で並んでいた。ああ、ハトって夜はこういう場所で休憩しているのだなあ、こんなことにならなければ一生知らなかったかもなあと思った。感慨深かった。

まだ、言葉がぐるぐる回っている。

やっぱりY子さんは言いすぎだ。何度考えても言いすぎだ。ブスなどと面と向かって言うなんて、ひどい。やっぱりブスが一番傷ついた。

ホームにアナウンスが流れる。遠くに大きな光が見えてくる。

けれど。

認めざるをえない指摘があったことも確かだ。

彼女の言う通り、今、わたしのことを好きだと言ってくれる男は身の回りに一人もいない。それは紛れもない事実だった。女として、誰からも愛されることなく一生を終える。一人きりで生きていくとはそういうことだ。本当に、わたしはそれでいいのだろうか。

　自宅の最寄り駅に着くころには、涙も乾き、心の中で一つの決意が固まっていた。マンションの近くまできたところで自分の部屋を見上げると、防犯のために出かけるときはつけっぱなしにしていたはずの蛍光灯が、消えている。普段なら警戒して中に入るのをためらうところだが、わたしは迷わず玄関を抜け、大股《おおまた》歩きでずんずん廊下を進んで部屋のドアを開けた。

　山田がいた。

　わたしの仕事用の椅子に座り、火のともされたキャンドルを両手で持って、不気味な笑みを浮かべながらこちらを見ている。

「何してるの？　なんでわたしのアロマキャンドルに勝手に火をつけてるの」

「なんか、幽霊っぽい感じで登場したかってん。どう？」

「幽霊っぽいって、あんたそもそもガチ幽霊なんでしょ」

「せやで。で、婚活する？　するやろ？」

　わたしは部屋の明かりをつけた。山田は幽霊のくせに、「まぶしっ」と目をほそめた。部屋中に薔薇《ばら》の香りが漂っていた。わたしは彼に近づき、アロマキャンドルをふき消した。

「これ、高いんだから、勝手につけないでよ」

「そんなことはええから。どうなん」

「する、婚活」

わたしがそう答えると、山田は勢いよく立ちあがった。

「これから一年がんばろうな。よろしくお願いします」

山田は折り畳み携帯のモノマネみたいなおおげさなお辞儀をした。びっくりして咄《とっ》嗟《さ》にわたしも頭を下げた。顔をあげるともう彼の姿はなかった。

やっぱり夢なんだろうか、と思いながら、手を洗うためにと洗面所へ向かった。鏡を見ると、額に手のひら大のポストイットが貼り付けてある。

そこには、クッソ汚い字で「片思い　思うだけでは　通じない」と書いてあった。

翌日の深夜、家で原稿仕事をしていたら、山田がベランダから侵入してきた。

婚活を本格的に再開する前に、合コンでのわたしの様子を観察して対策を練りたい、と山田は言った。

わたしはさっそく友人たちに連絡をとり、翌週に一つ、翌々週に二つの合コンの予定を組んだ。

一つ目の合コンの相手は、某大手飲料メーカーの研究員だった。人数は三対三。場所は銀座の和風居酒屋。飲み放題付きコースで一人五千円。日曜日だったので、全員私服だった。男性側幹事のG藤さんは三十五歳の京大卒、趣味は釣り。顔面が鳥羽一郎《とばいちろう》に酷似。二十八歳でその場の最年少だったE川さんも同じく京大卒、趣味はランニングとテニス。E川さんはおそらく、ファッションには全く興味がないのだろう。英字新聞柄の長袖《ながそで》Tシャツをストレートのジーンズの中にしっかりたくしこみ、ベルトはウエスト高めの位置で固定。腕時計は文字盤が平行四辺形みたいな形でしかも色は真っ黄色。どこでそんなバカみたいな時計を買ったのか、出勤時もそんなバカみたいな時計をつけているのか、など興味があったが聞けなかった。髪型はその正式名称がわからないのだが、マッチとかトシちゃんとかいった言葉を連想させるスタイルだった。三人目のT森さんはわたしと同い年だった。合コンの間、「はい」と「いいえ」しか言わなかった。見た目は一番よかったと思う。数合わせで参加したのかもしれない。

T森さんだけでなく、ほかの二人も口数の少ないタイプで、イマイチ盛り上がりに欠けた。会計は完全な割り勘だった。十時前に一次会のみで解散になった。

翌週の一つ目の合コンは、わたしが幹事を担当した。相手はわたしの友人K輔《すけ》君の大学のサークル仲間。人数構成は同じく三対三。場所は恵比寿《えびす》のスペインバル。K輔君は電機メーカーの人事担当、二十九歳。清潔感のある見た目でモテるタイプだが、三年ほど彼女がいない。大手銀行営業マンのF本さんはK輔君より二つ上、大学では同期。背が百九十センチ近くあって、顔の彫りが深く、職場の同僚からアベちゃんと呼ばれているらしい。開始直後から女性メンバーの関心を一身に集め、本人もほくほく顔だった。が、わたしたちが全員三十代だとわかった途端、あからさまなローテンションになり、「後輩で可愛《かわい》い子いないの？」「二十代の友達とかいないの？」としか言わなくなったので、途中から全員に無視されていた。もう一人、フリーのカメラマンだというB場さんは、見た目がいわゆるチャラ男系で、言動もチャラチャラしていた。好きなタイプは「若くてバカなギャル」。我々に全く興味なさそうだった。しかしアベちゃんことF本さんとは違い、話題が豊富かつ盛り上げ上手で好感が持てた。しかも会計の半分を一人で負担してくれた。

B場さんの提案で、二次会もやることになった。やる気がないなら帰ればいいのにF本さんもついてきて、「ねえ、君たち今から呼べる女友達いないの？　誰か呼んでよー」と駄々をこねていたが、当然のごとく無視されていた。

最後の合コンは二対二。幹事同士がカップルなので、合コンというよりは紹介といったほうがふさわしかった。相手は神奈川県庁職員のW辺さん三十八歳。髭が濃かった。筋金入りのハルキストだそうで、偏《かたよ》った春樹論を延々二時間聞かされた。

「で、三度の合コン、計七人の男との出会いを経て、結果はどうやねん」

最後の合コンから三日たっていた。明け方五時過ぎ、わたしは湯たんぽを抱えて眠る寸前だった。山田はまたベランダから侵入してきた。

「昼過ぎにもう一回きて。眠い」

「あかん。これから婚活会議や。はよ起きろ」

仕方なくわたしはベッドを抜け、眠気覚ましのための紅茶を淹《い》れた。山田は許可もなくベッドに乗りあがり、その上であぐらをかいている。

「で、どうなん。成果は」

「別に。とくに無し」

「誰とも連絡とってへんの？　連絡、一人ぐらいはなんかきたやろ」

大手飲料メーカー勤務、バカみたいな腕時計をつけていたE川さんから、その日のうちに「今後もよろしくお願いします。よかったらまた食事にでもいきましょう」と社交辞令なのかそうでないのかはっきりしないメールがきた。それから、なぜかアベちゃんことF本さんからも、「二人で食事しよう」と誘いがあった。神奈川県庁のW

辺さんからは、三日たった今日になって、「ありがとうございました。また小説の話がしたいです」と型通りのお礼メールがきた。

「返信したん？」

「してない」

「なんでや」

「だってさー。まずE川さんだけど、あの時計は何よ。三十近い男があんなおもちゃみたいな時計つけてるなんて信じられない。髪型といい服装といい、八〇年代からタイムスリップしてきたみたいだし。話が合うとは思えない。ていうか、どうせあんなメール、社交辞令だし。アベちゃんは若い女の子紹介してほしいだけでしょ。どうせあんかく関わりたくない。W辺さんは、まあ幹事カップルに連絡しろってどやしつけられてメールくれたんだろうけど……ごめん、どの道、生理的に無理」

「ファッションなんてどうにでもなるやん。あのE川って奴《やつ》は合コンのとき、自分のほうばっか見てたし、相当タイプやったと思うで。女慣れしてなさそうやし、連絡はよっぽど勇気がいったと思うわ。社交辞令やないよ」

「……そうなの？　彼、わたしのこと気に入ってたのかな」

「俺は合コンの最中、ずっとそばにいて観察しとったんや。間違いない」

「……」

「それと、あのアベちゃんはちょっとひねくれ者なだけで、悪い奴とはちゃうと思うで。自分が小説書いてることに、一番食いついてたやん。知的な職業についてる人ってええなあって顔で見てたよ、自分のこと」

「え？　マジ」

「うん。で、あのW辺はほっといてええわ。あれはな、多分ド変態やで」

「へえ」とわたしは感心した。なんとなく、山田のいうことに妙な説得力を感じてしまった。

「じゃあ七人の中で一番ダメなのは、W辺さん？」

「せやな……いや、ちゃうわ。自分の友達のK輔とかいう奴や。あいつはあかん。俺と同じ匂《にお》いがする」

「……あの子はお前みたいなヤリチン糞野郎じゃありません」

「ヤッてる女の数のことやなくて。多分、人を本気で好きになれんタイプちゃうかな。思わせぶりな態度はとるけど、いざとなると面倒くさなって逃げてまうねん。自分のことしか考えられへん奴。そういう男や」

胸がチクッと痛んだ。実はわたしは前々からK輔君のことをいいなと思っていて、これまで三回食事に誘ったのだが、「親が病気で忙しい」「入社説明会の時期で忙しい」「引越しを検討中で忙しい」と断られていた。それでも飲み会に誘うと、一も二もなくＯＫしてくれる。メールの返信もはやい。だから少なくとも、わたしのことを嫌ってはいないのだろうと、ずっとチャンスをうかがっていた。何度飲み会をやっても、彼はほかの女の子とは積極的にコンタクトをとろうとせず、お礼のメールも幹事のわたしにしか送ってこないことも、あきらめられない一因になっていた。

「プライドが高いから、自分からいくのはいやなんやろな。でも、めっちゃタイプの子が現れたら、ああいうのは行動はやいで、意外と」

「わたしのことは、どう思ってるんだろ」

「合コンやってくれる便利な女としか思ってへんわ」

うすうす気づいてはいた。が、はっきり断言されるとキツかった。

「まあ、でも、あれやな。やっぱ合コンで結婚相手見つけるのは、効率悪いんちゃう？」

「なんで？」

「全体的に男のモチベーションが低いわ。合コンに結婚相手を探しにきてる男なんてそうおらんで。ただ知らん女と酒飲む会やから、合コンは。どうしても彼女がほしいっていう必死感を感じたのは、その黄色の時計のE川君と、ド変態のW辺ぐらいやね。あとは、『いい子がいたら、自分から連絡してもええかな』って考えてるレベル。彼女持ちもおったんちゃうかな。ちなみにあのバーはもっとあかん。またヤリ逃げされるで」

「うーん」

「それに自分、K輔みたいな、女にそれほど困ってない感じのやつが好きやん。モテるやつっていうか。合コンやったらそんな男もくるけど、そんなもん競争率高いし、追いかけても時間を無駄にするだけやで」

「……なるほど」

「自分、結婚したいんやろ？　将来のことを考えてくれる男と付き合いたいんやろ？　そんなら相談所入れば？」

「そんな金ない」

「なら、お見合いパーティみたいなんは？　とにかく、合コンやナンパやなくって、もっと結婚に近そうな手段を選ぶべきちゃうの？」

「いや、実はわたし、一つ気になってるものがあるんだよね。お料理合コンっていうんだけど」

わたしはパソコンを開き、ブックマークしているお料理合コンのサイトを山田に見せてやった。お料理合コンとはその名の通り料理をしながら合コンをするのだが、人集めは運営側がやるので、合コンに呼んでくれる友達のいない人も参加できる。会員登録をしなければならないし、参加費は五千円前後とそこそこする上、キャンセルポリシーもわりと厳しい。やる気のないやつはそうそうこないだろう。

「ほうほう。ああ、ええんやない。結婚したそうな真面目な男が集まってそうやん。でも、お見合いパーティよりはなんか楽しそうやし。うん」

「そう？」

「うん。ただまあ、俺は絶対こんなんいかへんけどな。K輔みたいな黙ってても女がよってくるような男も、おらんと思うで。それでもええの？」

わたしは山田の顔をじっと見つめながら考えた。山田の言うことは一理あった。いや百理ある。これまで、わたしは山田やK輔のような、モテるタイプや女に不自由していなさそうな男ばかりを好きになる傾向があった。合コンにいくとその手の男が必ず一人はいる。だめだとわかっているのに、惹《ひ》かれてしまう。婚期が遅れた原因がここにあるとしたら、いい加減わたしは心を入れ替えなければいけない時期にきているのだろう。

そういう男が一人もいなさそうな場所に飛び込んで、ある中から決める。もう無駄な理想を追うのはやめよう。

「うん、やる。お料理合コン」

わたしはパソコンに向き直り、さっそくその場で会員登録をした。

第二話　うにとかんぴょう

お料理合コンの会場は青山にあるマンションの一室だった。運営側から送られてきた案内には駅から徒歩十分と記載されているのに、十分歩いても半分までも辿《たど》りつかない。三月はじめの週末、昼間は気温が二十度を越えたものの、陽が沈むと風が冷たくなった。通りをいきかうのはこの街に似つかわしい洗練された雰囲気の人ばかり。彼ら彼女らは恋人ができないということで悩んだことなど人生で一秒もないに違いない。それにひきかえ、わたしはこれからお料理合コンなんてものにいくのだなあと考えたら、情けない気持ちになった。

自力で出会いを見つけられないから、業者に金を払って異性を斡旋《あっせん》してもらう。自然なかたちで恋人をつくれないから、不自然な手段に頼らざるをえない。

みじめ。

婚活をしていると、この言葉が常につきまとう。みじめ人間同士が集まって、まったくみじめでないふりをしながら、ていうかむしろ「自分は全然出会いに困ってないですけどね？　たまたま今日は暇だったからここにいるだけですけどね？」みたいな顔をして、しかし腹の中で相手を値踏みし、「あー、こんなつまんない男とカップルになるぐらいなら一生一人のほうがマシ」とか「こんな年増女《としま》、ヤルだけならいいけど結婚はムリ」などと思いながら、最終的には誰ともくっつくことなくその日を終えてまたみじめの沼に沈んでいく。

考えるだけで気が滅入《めい》る。自分のことを棚どころか大気圏外にあげていうが、お料理合コンなんかに参加する男に、ろくなのがいるわけがないのだ。がっかりすることがわかっているのに、どうしていかなきゃいけないのだろう。……って自分でいくと決めたんだけど。あのときはあれだけはりきっていたのに、青山に着いた途端、やる気が失《う》せた。

数時間後、同じ道を駅に向かって歩く自分の気持ちが容易に想像できてイヤだった。わたしってもうあのレベルの男たちが限界なわけ？　あの中から選ばなきゃ一生彼氏できないの？　無理。絶対無理。あー、多分ずっと結婚どころか彼氏すらできないんだ。こんな人生もう嫌だ。一回死んでやりなおしたい。

これまで何度、そんな気持ちで婚活会場からの帰り道を歩いたかわからない。

結局、マンションに着くまでに二十分近くかかった。エレベーターで会場のある五階に上がる間、それでもほんの少し期待している自分に気づく。もしかしたら今日こそは素敵な人に出会えるかも。人生、何があるかわからないんだから。帰り道、予想を覆《くつがえ》してスキップしている可能性だってある。

チーンと古めかしい音を立ててエレベーターが開く。案内状に記載されている503号室のドアは目の前にあった。

インターホンを押すと、ロングヘアの女性が「どうぞー」と愛想のない感じで出迎えた。わたしと目を合わせないまま、さっと奥のドアのほうへいなくなった。料理講師のアシスタントか何かだろうか。にしては無愛想すぎないだろうか、と不愉快というより不可解な気分で靴を脱ぐ。女性のあとを追って短い廊下を進み、おそらくわたし以外の参加者がすでに大集合しているだろう部屋へ続くドアを開けた。せいいっぱいの作り笑顔をうかべ、「こんばんは〜、遅くなってすみませ〜ん」などと言いながら。

案の定、ダイニングの大きなテーブルの前に、自分を除く参加者全員が着席していた。男性四人に、女性三人、それぞれ向かいあって座っている。左側に広いキッチンがあり、奥のリビングは引き戸で仕切られていて見えない。

その景色の全《すべ》てが視界に飛び込んでくると同時に、頭の中でガーンという音が鳴り響いた。

ろ。

ろくなのがいねえ。

しかし、その動揺落胆絶望が顔に出ないよう、歯を食いしばって作り笑顔をキープしながら、空いている席に座った。全員無言だった。上がりかけていたテンションがまたどんどん下がっていく。

あー、そうだよなー、こんなところに素敵な人がきてるわけないんだよなー。お見合いパーティよりはマシかも、なんて思っていたけど、料理するだけで同じなんだよなー。

これからわたしは、全く意味のない数時間を過ごすことになるのだ。ならばいっそ無礼を承知で、このまま無言で帰ってしまったほうがよっぽど有意義な時間の使い方ができるのではなかろうか。そうだ、そうしよう。それで、駅前のデパートで特上寿《ず》司《し》を買って帰ろう。男性たちだってこんなやる気ゼロ女の相手などしたくないはずだ。

しばらくして、玄関のほうから物音がした。続いて、ダイニングのドアが開き、背の高い男性が姿を現した。

「ごめんなさいねー、あ、やっぱ、もう南さんいらしてた?」

「はい、わたしがお迎えしました」

そう答えた声のほうを振り返る。ダイニングテーブルの反対側の端に座っているのは、さっきの無愛想な女性だった。

「ごめんなさい、ちょっと醤油《しょうゆ》をきらしてたので、そこのコンビニにいってました。時間もないので、もう急いではじめましょう」

背の高い男性はそう言うと、黒いエコバッグをキッチンに置き、ダイニングテーブルのほうにやってきた。要するに、さっきの無愛想な女性は参加者だったのだ。そして、背の高い男性が今日の講師のようだ。

背が高く、黒地に星柄のスウェットパーカーに細身のジーンズをはいた、目付きがするどくて唇のぽってりした男性。

正直、タイプどんぴしゃだった。

こんなイケメンの講師を用意するなんて、お料理合コンの運営会社の社員はバカしかいないに違いない。他の女性参加者たちもうっとりした眼差《まなざ》しで彼を見つめていた。反対に、男性参加者たちは暗いうつろな顔つきで、テーブルの上におかれたレシピにぼんやりと視線をなげている。その気持ちは痛いほどわかった。わたしももし講師が二十代のピチピチギャル（古い）だったら、屈辱と怒りで打ち震えていただろう。

「とりあえず、作業の前にまずは一人ずつ自己紹介してもらいますね。名前、年齢、職業、それから今日の意気込みとか、簡単な自己PRなんかを一言お願いします。では、奥の男性から」

指名された向かって左端の男性は、ちょっと動揺したように咳《せき》をした。体が横にも縦にも大きく、髪をピッチリと後ろになでつけ、さっきからしきりにハンカチで汗ばむ額を押さえつけている。話しだしたその声は、いかにも脂肪が声帯を圧迫していそうなカッスカスのかすれ声だった。パイロットシャツを着ていたらそっくりで完璧《かんぺき》だったなあと思いながら、わたしは彼に朝潮次郎（著者注・朝潮太郎という力士がかっていて、親方時代によくパイロットシャツを着ていた）と心の中であだ名をつけた。年齢三十五歳。冷凍食品メーカー社員。今日の意気込みは「包丁で指を切らないようにしたいと思います」。正直、ちょっとウケてしまった。

その右隣、自己紹介二人目の男性は真っ黒に焼けた丸顔がひときわ目を引いていた。チョコボール（著者注・チョコボール向井というAV男優がかっていて、全身日焼けして真っ黒だった）というあだ名をつけざるをえない。しかし表情はおだやかで体もやせ形、AV男優とは程遠い印象だ。チョコボールの年齢は三十八歳。商社勤務。「焼けているのは最近、趣味のサーフィンをやりに東南アジアにいっていたからです」だそうだ。時計やシャツなど、身につけているものが高価そうだし、丁寧で知的な話しぶりから、結構大きな商社に勤めているのかもしれないと思った。だとしたら、お料理合コンなど参加しなくても引く手あまただろうに、と余計なお世話以外の何ものでもないことを考えたあとで、なんとなく気になって机の下に隠れている下半身をちらっと確認し、彼がわたしと同じくらいの身長だと気づいた（ちなみにわたしは身長百五十八センチ。徹夜明けは百五十七センチになります）。

三人目の男性が、ルックス的には一番マシに見える。マシなだけでよくはない。がっしりした体格で眼鏡をかけている。額は大分、キている。昔、伊豆《いず》シャボテン公園で見たハシビロコウにちょっと似ている（わからない人は自分で調べてください）。ハシビロコウは二十八歳、職業は警察官。着ている半袖《はんそで》シャツが水色で胸ポケットが左右についており、ちょっとパイロット風で「ああん、おしい」と指を鳴らしたい気分だった。名前と年齢と職業を言っただけで、自己PR的な言葉はなかった。人前で話すことが大嫌いです、と顔面にマッキー油性ペンの太いほうででっかく書いてあるのが一瞬見えた気がした。

「いやー、ご紹介をいただきました、ってか誰も紹介してないっすかそうっすか。俺、俺です。みなさんどうもよろしくっす」

四人目の男性は、いきなりそうどでかい声で言って、自分の後頭部をペシペシと叩《たた》いた。唐突な高テンションに、女性参加者たちがさーっとひいていくのがよくわかった。もちろんわたしもドン引きしていた。一番苦手なタイプかもしれない。テンションが異様に高くて、空気読めない系。この男一人のせいで、家に帰りたい欲求が百倍増した。

髪の毛が縮れてモジャモジャしているので、小池と名付けよう（本当は頭髪チン毛男にしたかったが、さすがに下品すぎるのでやめておく）。蛍光グリーンのパーカーの下に「童貞。」という文字の入った、わたしの三十二年の人生の中でも類をみない最低レベルのTシャツを着ている。よく見るとヒヨコっぽいちょっとかわいらしい顔をしているが、変な髪型とふざけた服装がそれを台無しにしていた。

「えーっと、職業は一応、デザイナーっす。服のデザイナーじゃなくて、WEBとかそっち方面の。あ、でも今日着ているTシャツは自分で作りました。年齢は二十七歳っす。今日の意気込みは……ぶっちゃけ、マジで嫁さがしにきました。俺、高収入でも高学歴でもないっすけど、こんな俺でもいいって言ってくれる人を探しています。好きなタイプはオールジャンル。年齢、見た目、全く気にしません。よろしくっす」

横目で女性達の顔を盗み見る。全員、「ないわー、こいつ、ないわー」みたいな表情をしていた。

女性の参加者を簡単に説明すると、わたしを出迎えた無愛想な女性、R子さんは看護師。ショートヘアでまるっとした顔のH美さんも看護師、二人は同僚だそうだ。カチッとしたスーツ姿でふくよかなW代さんは中学校の国語教師で、かつ演劇部の顧問だという。ちなみに、講師が「女性のみなさんは名前と職業だけで結構です」と言ったので、誰も年齢は明かさなかった。が、三人とも三十代後半と思われた。

わたしは職業を会社員と偽った。今日の意気込みとして「怪我《けが》をしないように頑張ります」と言ってしまったあとで、朝潮次郎とモロかぶりだったことに気づいて後悔した。

自己紹介のあと、さっそく作業がはじまった。今日の献立は「基本のボンゴレビアンコと基本のミネストローネと基本のカプレーゼ」。この青山の会場はイタリアンがメインで、そもそもこのイケメン講師はイタリア料理店のシェフなのだそうだ。講師の指示のもと、二人一組のペアをつくり、与えられた作業をこなしていく。ペアは折をみて組み合わせを変えていくようだ。わたしは最初、朝潮次郎と組むことになった。二人でカプレーゼに使うモッツァレラチーズとトマトをカットするよう指示された。朝潮次郎は普段全く料理をしないらしく、「俺、ほんとヤバイんで」などと繰り返すばかりで、包丁を持つことさえしなかった。じゃあ「指を切らないように」なんて寝言を言ってんじゃねーよ、と内心で悪態をつきつつ、仕方なくわたしは一人でトマトとチーズを切っていった。

本来はおしゃべりしながら料理をして交流を深めていくのが、この会の趣旨のはずだ。が、時間が押してしまい、講師が作業を急ぐようにみんなをあおるので、まわりを見ても会話が盛り上がってそうなペアはなかった。ただ小池だけが「うわ、あさりが潮吹いてますよ。なんかやらしいっすね」とか「さっき電車で唇乾いたんでリップクリーム塗ろうと思ってバッグから出したら、シャチハタだったんすよ」などと一人うるさかった。ペアを組んでいるR子さんは毒虫でも見るような目で彼を見ていた。

しかし小池は、立って動いている姿を見ると意外と背が高く、すらりとした体型で足も長い。髪の毛が陰毛じゃなく、致命的なほどにおしゃべりじゃなければそこそこイケただろうになあ、と横目で彼を見ながらわたしは思った。

結局、ペアの組み替えは行われなかった。実は講師はこの日がお料理合コン二回目で、大分テンパっている様子だった。自然と、「気づいた者がその作業をする」というスタイルにかわっていった。ボンゴレビアンコは料理上手なR子さんが味付けまで一人で済ませ、わたしはH美さんと一緒にミネストローネ用の野菜を刻みまくった。その二組の間をW代さんがせわしなく行き来しながら、汚れものを片づけたり、皿を出したりしてくれた。難しいカプレーゼの盛り付けは講師が自分でやってしまった。

小池をのぞく男性陣は壁の花になって、ボーッとしているだけだった。小池はちょこちょこ動きながら「今日、俺、路上でハムスター見つけたんで、捕まえようと近づいたら犬のうんこだったんですよ」などと、ただただうるさかった。

やがて料理が出来上がり、セッティングを済ませて食事の時間となった。一皿だけ明らかにボンゴレビアンコのアサリが多めに盛り付けられていることに気づいたわたしは、絶対になんとしてもその皿が置かれた席に座ろうと虎視眈々《こしたんたん》と狙《ねら》っていたのに、生ごみを捨てて戻ってみたら小池が何食わぬ顔でそこに座っていた。帰り道、犬のうんこを踏みますように、と呪《のろ》いをかけた。

ワインやビール、ジュースで乾杯したあと、講師が言った。

「では、お食事をしながら、おひとりずつもう少し詳しい自己紹介をしましょう。趣味、好きなタイプ、それから、彼氏彼女ができたらこんなことがしたいってことがあったら、言ってください。では……最初とは逆で、女性陣から。では、南さん」

いきなり指名されて驚いた。「は、はい」と返事した声がカッスカスで朝潮次郎を笑えないと思った。

「えーっと、南です。趣味は……えーっと、映画鑑賞ですかね」

「へえ、好きな映画は何?」

間髪いれずに小池が聞いてきた。ますます動揺したわたしは婚活用回答の「ラブ・アクチュアリー」(未見)ではなく、取材または初対面の編集者と会ったとき用回答の「ブギーナイツ」と口にしてしまった。

「それってどんな映画ですか?」

そう聞いたのは講師だった。その瞬間、冷や汗が吹き出た。やばい。しくじった。ものすごくチンチンの大きいポルノ男優の成功と転落を描いた作品です、とは口が裂けても言えない。というか言ったらバカだ。口をつぐんだまままごまごしていると、講師がみんなに「知ってる? 見たことある方います?」と尋ねた。みんな首を振るだけだった。

「いや、俺はしってますよ」小池がやたら大きな声で言った。「いいっすよね、ブギーナイツ。俺も好きです。ああいう題材でヒューマニズムをきちんと描くって、すげーって思います。面白いけど、すさまじい映画ですよね。俺、最初見たとき泣きましたもん。あ、『ラリー・フリント』は見ました?」

「……あ、はあ」

「見ました? 俺、あの映画もブギーナイツと同じ感じで好きなんすよー。いや、南さんとは映画の趣味がすごくあいそうだなあ」

わたしはあえて何も反応しなかった。彼の言葉に惹《ひ》きつけられはしたが、まわりの人々を置き去りにして小池と映画話で盛り上がる、というシチュエーションがイヤだった。わたしは小池から視線をそらし、「それで、彼氏ができたらしたいことは、温泉にいくことです」と早口で言い、「以上です、次の方どうぞ」とH美さんにバトンを渡した。

H美さん、R子さん、W代さんの順で自己紹介が終わり、男性の番になった。最初は朝潮次郎。朝潮次郎はその大きな体のわりに食べるのが遅く、ボンゴレビアンコにまだほとんど手をつけていなかった。

「朝潮次郎です。年齢は三十五歳、勤め先は冷凍食品メーカーです」と朝潮次郎は最初のときとまったく同じことを口にした。そして黙った。すかさず講師に「いやいや、趣味とか、他のこともお願いします」と言われると、朝潮次郎は「しゅしゅしゅ趣味は将棋です」と聞こえるか聞こえないかの声でささやき、また黙った。

そのまま何にも言わないので、隣のチョコボールがやや戸惑いつつ話しはじめる。

「えっと、僕の趣味は、さっき話したようにサーフィンなんですけど、ついこの間もバリにいってきたんですよ。バリには毎年いってまして、もうほんと、自分にとっては第二の故郷というか、いや、他にもあっちこっちの島にいくんですよ、ここんところお気に入りのビーチは……」

チョコボールは周りの反応ガン無視でべらべらしゃべり続けた。W代さんがフォークを落とし、そのタイミングを利用して講師が「みなさん、いろんな趣味をお持ちなんですねー。ハシビロコウさんはどうですか？」と隣のハシビロコウに話をふらなければ、五分でも十分でもしゃべり続けそうな勢いだった。

そのハシビロコウは、まず口を開くのに三十秒近くを要した。そして「趣味は……とくにありませんけど」とぶっきらぼうにつぶやくと、隣の小池に「どうぞ」と合図した。さすがに講師が「いやいや、もう少し……じゃあ、彼女ができたら何をしたいですか」と問うと、ハシビロコウは少し考えて、「何をしたいというのはとくにないですけど、自分は結構、人見知りっていうか、自分から誘うのは得意じゃないので、最初は女性から声をかけてほしいですね。基本、断わりませんので。付き合ったら、自分がちゃんとリードしますし」と結構なドヤ顔で言った。

わたしは開いた口がふさがらなかった。知り合ったばかりの人に連絡先を聞くとか、デートに誘うとかいったことは、婚活において最も面倒で困難な行為だと思う。大人になればなるほど、傷つくのが怖くなるからだ。そもそもそういうことが苦手だからみんな売れ残っているのだ。誘いのメールを何時間も練りに練って考えながら、三十過ぎて何やってんだろとふいに悲しくなる。そうまでして送ったメールがガン無視されたときのダメージは、職場でミスしたときの比ではない。そんなしんどい思いをするのは俺は嫌だから、面倒事は女が全部率先してやれと。でも付き合った後は俺の言うことをきけと。そういうことをこの男は言っているのだ。こいつも帰り道にうんこを踏めばいいと心の底から思った。

そうなんだよなー。婚活をやっても、こういう男達としか出会えないんだよなー、とわたしは心の中でため息をついた。見た目だけじゃない。ハゲとかチビとかデブとか、そういう問題じゃないのだ。付き合いたいなと積極的に思えるような男性と比べると、何かが決定的に変。この〝変〟を受け入れるしか、わたしには道はないのだろうか。それとも変と思うわたしの心が狭すぎるのだろうか。

一昨年《おととし》から去年にかけて、お見合いパーティや交流パーティで出会ったさまざまな男たちの顔が脳裏をよぎる。夏の暑い夜の屋外立食交流パーティで出会った三十八歳の自称年収二千万トレーダーは、黒いTシャツの袖を肩までくるくるとまくりあげていた。わたしと友人J子は彼に「ポイズン」とあだ名をつけた。ポイズンはJ子をいたく気に入り、彼女とツーショットになると三十分近く解放せずべったり張り付いていた。その間ずっと、「手相をみてほしい」とJ子は彼に頼まれ続けたそうだ。J子は手相に限らず、占いの類《たぐい》には全く興味ないし、もちろん手相鑑定ができると言ったわけでもない。謎《なぞ》。ただ手を握りたかっただけなのかもしれないが、だとしても、というか、だとしたら余計に受け入れがたい。

銀座のお見合いパーティで出会った三十三歳の保育士。左右の眉毛《まゆげ》が完全に結合していたので、「こち亀《かめ》」と心の中でわたしは命名した。こち亀は異性の参加者全員と三分ずつ一対一で話す自己紹介タイムのとき、ほぼすべての女性参加者に「高齢出産の危険性」を説いていた。その後のフリータイムでは参加者で唯一《ゆいいつ》の二十代と思われる看護師の女の子にしつこく付きまとっていたが、ガン無視されていた。

婚活とは、巨大なゴミ箱の中に落としたコンタクトレンズを手探りで探すようなものだと常々思う。本当は探しはじめるときにある程度あたりをつけ、一度か二度のアタックでヒットさせなければならないものなのだ。なぜなら、ごそごそやっているうちにどんどん底のほうに沈んでいって、やがて自分はコンタクトを探しているのかそれともゴミの中からゴミを探しているのかわからなくなる。そんなもの、やめてしまったほうがいいのかもしれないと思って、わたしは一旦《いったん》、全てやめた。しかし婚活せず、普通の日常を送るだけでは新しい出会いを得られない。だから婚活するしかない。

でも婚活してもろくな出会いがない。そんなこと言ってる間に、三十二歳になってしまった。アラサーという言葉が世にあふれはじめたとき、こんなバカバカしい言葉は日常でも仕事でも絶対に使うもんかと固く決意した。が、そろそろその概念から自分が逸脱しようとしている今、まるで幼い日の思い出のようにその言葉がなんだか暖かく愛《いと》おしい。ああ、アラサー、わたしの元から去らないで。

隣でH美さんが「サイッテー」とつぶやく声が耳に入り、わたしは過去から現実に引き戻された。小池が一人でべらべらしゃべっていた。女性達の顔をチラ見すると、全員かたくひきつっている。

「いや、マジで、俺の趣味なんて風俗ぐらいですよ。俺、風俗許してくれる女じゃないと付き合えないっすね。あ、でも風俗っていっても、俺がいくのはおっぱいパブぐらいですけどね」

小池は少量のワインで酔っぱらったのか、下ネタ交じりの自己紹介をして女性達をドン引きさせているようだった。

「みなさんの言いたいことはわかります。おっパブで抜けるのか、ってことですね？　いや、確かに、おっパブじゃ抜けないです。でも、抜けりゃそれでいいってもんでもないんですよ。ていうか、抜く抜かないなんて、そんなのは小さなことなんです。ツレといって、今日の子は乳首が小粒でサイコーだったとか、デカイ乳輪ってむしろアタリだよな、いやハズレだよとか語り合うのが楽しいんですよ」

なんという愚か者だろうか。女性達はもうコイツの顔も見たくないとばかりにうつむいて、ひたすら無言でパスタをすすっている。わたしはエロ小説を書いて飯を食っている身として、この程度の下ネタでひいているとは断じて思われたくなかったので、まっすぐ前を向いて小池の顔を凝視してやった。わたしが一年間に一体何行分のあえぎ声を文字に変換してキーボード入力していると思っているのか。自分でもわからないぐらいだ。数えたくもない。バカめ。

すると、小池と目が合った。小池は不敵な笑みを浮かべると、「南さんって、AV女優顔だよね」と言った。

「……は？」

「ていうか、俺、南さんが出てるAV見たことあるかも。マジで出てたでしょ、ねえ」

「出てますよ。『風の谷でナニシタ』って作品です」

シーンと静まり返る。数秒後、講師がぷっと吹き出した。「うまいっ」と小さく拍手しながら言う。

「小池さんもAV男優顔に見えますけど、マジでAV出てませんでした？　出てますよね？　作品名教えてください」

「え？　えっと……あの……と、と、『隣の人妻』」

「うわ、フツーですね。びっくりするぐらいフッツーですね。つまんないわー」

小池の顔が悔しげにひきつっていく。いい気味だった。二十四歳のときからエロ小説を書き続けているわたしに下ネタで勝とうなんて百億年はやい。バカめ。週刊誌のエロネタ投稿コーナーからやり直すがいい。

その後、食事が終わるまで小池はほとんどしゃべらなかった。わたしと小池以外の男女六人が、富士登山だのハーフマラソンだのといったダンゴムシレベルにどうでもいい話題で盛り上がっていた。

やがて片づけの時間になると、三人の女性たちは率先してあれこれと働いていたが、もう何もかもどうでもいい気分だったわたしは、堂々と椅子《いす》に座ってボーッとしていた。

「南さんって、面白いですね」

いつの間にか隣に立っていた講師が声をかけてきた。

「頭の回転はやいですよね。いや、感心しました。風の谷でナニシタって……」

こらえきれない様子でくすくす笑っている。よほどツボにはまったようだ。イケメンにおもしろがってもらうのは悪い気分じゃないが、下ネタというのがちょっと痛かった。

「あ、そうそう、僕も実はブギーナイツ好きなんですよ。さっきは一応、みんなに話を振るためにしらないふりしちゃったけど。南さんのお話、もっと聞きたかったです」

そのとき、キッチンから「せんせー」と呼ぶ声があり、講師はスタスタと目の前から去っていった。

ドキドキしていた。

わたしの話が、もっと聞きたかっただと？

マジか？

マジなのか？

いや社交辞令だろ。そうだよね社交辞令だよね。勘違いしそうになったわたし、死刑。ただ暇だったから声かけてきただけだし。勘違いしちゃダメ。三十二歳のくせにこんな些細《ささい》な褒め言葉に浮かれちゃダメ。

いや、しかし。

彼はお見合いパーティでいえば司会者に相当する立場の人。そんな人がわざわざ参加者にむかって、しかも誰も聞いていないタイミングを見計らってあんな社交辞令を言うだろうか。

でも、社交辞令じゃなかったとして、わたしは一体どうしたらいいのだろう。後日、彼のレストランへいってみるとか？　でもさっきもらったレストランのチラシを見たら、ランチでも最低三千円以上する。場所は北青山。そんなところ一人でいく勇気はないし、一緒にいってくれる金に余裕のある友達もいないし、連れていってと頼める編集者もいない。ていうかいったところで彼が接客してくれるわけでもないだろうし呼び出さなきゃ会えないかもしれなくて、そんなことする肝っ玉はわたしにはない。

あきらめるしかないのだろうか。でも、あんなに見た目がタイプどんぴしゃの人が、ほんの少しでもわたしに興味を持ってくれるようなこと、もう二度とないかもしれない。ここで勇気を出さなくていつ出すのか。何回お料理合コンにきたって、彼レベルの人とは絶対に出会えない。婚活をすれば誰かとは出会える。参加料さえ出せば、あとはボーッとしていても誰かが声をかけてきてくれるときもある。でも、すてきな人とは出会えない。すてきな人と出会って、なおかつ恋人候補になるためには、周りを出し抜くズルさと身を切る勇気が必要なのだ！　そうだ！　あの人はわたしともっと話したいと言っていた！　これは脈アリというやつだ！　勇気を出せ！　時間は刻々と過ぎていくのよ、綾子！　しっかりしなさい‼

「それではみなさま、お疲れさまでしたー。片づけも終わりましたので、今日はお開きになります」講師がパンパンと手をたたき、皆の注目を集めてから言った。「よかったらレストランにも遊びにきてくださいね。僕はただの雇われシェフなので、おまけはできませんけど」

ハハハと軽い笑いが起こる。R子さんが野犬のようなぎらついた目で講師を見ていた。R子さんは絶対にレストランにいくつもりだろう。料理中、外食が趣味で都内のフレンチレストランはほとんどいったと自慢していたし、片づけのときにオリーブオイルの選び方だの乳化のさせ方のコツなどどうでもいいことをべちゃくちゃ話しかけていた。でも講師はR子さんを一切褒めなかったし、読者の皆様の反感を承知で書くが、R子さんよりわたしのほうが若いし、見た目もいいと思う。

「表通りに出れば遅くまでやっているお店がたくさんあるので、どうぞみなさん、二次会をやって親睦《しんぼく》を深めてくださいね。では、忘れ物に気をつけてお帰りください」

その瞬間、目の前にビガーッと大きな光が見えた。

ひらめいた。

わたしは頰をかくふりをしながら、さりげなく左の耳たぶに触れた。

その後、狭い玄関で順番に靴をはいて部屋を出た。エレベーターが狭いので、先にわたしと朝潮次郎とR子さんとW代さんだけで乗って下に降りた。エントランスで後陣を待ち、全員が集合した後に二次会の提案をしたのは、意外にも朝潮次郎だった。

「俺のいきつけのワインバーが近くにあるんですが、時間のある方、いきませんか」

みんな、「そうですね」とうなずきあっている。小池の「いいっすねえ、いきましょう」というバカでかい声が暗い通りに響いた。

「あ、わたしは用事があるので帰ります」

誰もわたしを引き留めるようなそぶりは見せなかった。ささっと別れを告げて先にその場を立ち去った。表通りに出るとすぐにコンビニに飛び込んだ。念のため十五分待つことにする。ドキドキしていた。心臓をはき出してしまいそう。失敗したら買い溜《だ》めしてあるわさビーフを何袋も鬼食いしよう。

やがて十五分が過ぎ、わたしはコンビニを出てマンションに戻る。インターホンを押すと、間髪入れずにドアが開いた。

「ああ、やっぱり、南さんだ」

講師が言った。笑顔だった。背が高くて、オシャレで、料理上手で、顔もいい。きっと頭もいいし、話も楽しいだろう。これぐらい外面のレベルが高ければ、中身が少々変でもきっと我慢できる。

こんな彼氏がほしい、と心底思った。

「イヤリング落としたんでしょ。すぐ気づいたよ」

そう言って、彼はちょっといたずらっぽくほほえんだ。たぶん、たくらみは全部ばれている。でもそんなことは、どうでもよかった。

「自分も結構姑息《こそく》な手をつかうんやな」

いつも通り、わたしのベッドの上にあぐらをかいて山田が言った。わたしは今夜勇気を振り絞ったご褒美《ほうび》にわさビーフをどっさり口に放り込み、むしゃむしゃと咀嚼《そしゃく》してからキンキンに冷えたスプライトをあおった。

「夜中にそんなもん食って飲んで、だからデブやねんで」

「デブじゃないの。むくんでるだけなの」

「この際やから教えといてやるけど、自分の裸はじめてみたとき、腹にできてる三段の横皺《よこじわ》にひいたわ。どうにかしたほうがええで」

「今後は彼氏できたら毎回服きたままするからいいもん」

「あと、気づいてへんかもしれへんけど、自分、背中に妊娠線できてるで」

「何それ、マジ？」

わたしはわさビーフを床に投げ出し、立ち上がってTシャツをまくり上げると、鏡で自分の背中を確かめた。「下乳見えてんのやけど」という山田の言葉は無視した。

「マジじゃん……何これ」

確かに、背中というか腰の辺りに、横向きのひび割れ線が、しかも複数できていた。ひい、ふう、みい、と数えてみる。薄いものも入れると十本はある。

「妊娠線ていうか、デブ線やな、それは」

「いつからあるんだろ……最悪だ」

今年一番といってもいいほど高まっていたテンションが、一気にさがっていく。

「こんなんだから、わたし彼氏ができないのかな」

「いや、それは関係ないとおもうで。腹の横皺は嫌やけど、背中のデブ線は、なんかネコの模様みたいでかわいいと思ったし。俺は」

じゃあなんで付き合ってくれなかったの、という言葉は出さずに飲み込んだ。ヤリチン糞野郎《くそやろう》にはあまりに愚問だった。

「そんな話はどうでもいいの。今日の議題は、あのイケメン料理講師とどうすればうまくいくのかってことなんだよ」

イヤリングを渡されたあと、予想外にも彼の方から「ちょうどコーヒー淹《い》れたところだから、中に入って一緒にどう？」と誘ってきた。十分ほど映画の話をした。結構盛り上がった。盛り上がったのに十分で切り上げたのは、明日の準備のため、彼が勤め先のレストランにいかなければならなかったからだ。マンションを出るとき、わたしは体中の隅々から勇気をかき集め、「また会えますか？」と彼に尋ねた。

彼は嬉《うれ》しそうな顔をするでも、迷惑そうな素振りをするでもなく、「あ、じゃあコレ」と個人の連絡先が記載された名刺を、ジーパンの尻ポケットから取り出した。

「ねえ、脈あると思う？　どう思う？」

「脈って何の脈？」

「だから、わたしのことを気に入っているかどうかの脈」

「そんなもんしらんし。もうメールしたんやろ？　なんて送ったん？」

「今日はありがとうございましたってことと、忘れ物してすみませんでしたってことと、またお話しできたら嬉しいです、みたいな感じのことを書いた。飲みに行きましょう、みたいな具体的な誘いはしてないけど、一応やりとりが続くように、休みはいつですかって質問は投げかけておいた」

「まあ、返事がきたら、セックスできる可能性はあるんちゃう。セックスしたいんやろ？」

「いや、そんな可能性はいらないんだけど。わたしは真面目《まじめ》にお付き合いしたいんだけど」

「でも今んとこ、セックスできそうな女としか思われてへんで、たぶん」

「なんでよ！」わたしは思わず大きな声を出した。「なんでそうなるの？」

「女から『また会いたい』なんて言われたら、男はそう考えるのが自然やろ。しかも忘れ物するなんて古典的な手を使ってまで近づいてくる女、ヤれると思われて当り前や」

「じゃあなんて言えばよかったの？　会いたいって言わないと、会えないじゃん。忘れ物だって苦肉の策なんだよ」

「現時点ではそうやってだけで、今後のやり方次第でどうにでもなるんちゃう？　けどあの男は……やめといたほうがええんやないかな」

なんで、と聞こうとして口をつぐんだ。聞かずともわかっていた。女に不自由していないチャラ男。その手の男を避けるためにお料理合コンなんかに参加したのに、なぜだかまたしてもその手の男にハマりかけている。

間違っているとわかっている。でもどうしようもない。目の前に好物のうに丼《どん》があるのに、それを見ないふりしてかんぴょう巻きを選択することは、わたしにはできない。

「お料理合コンの会社が悪いんだよ。あんな素敵な人を講師にするほうが悪い」

「まあ、せやな」珍しく山田はわたしに同調した。「さすがに、今日のあのメンツの中から選べとは俺も言われへん。それは酷やわ。女側もキッツかったしな」

山田が言うには、料理や後かたづけをしている際の女性参加者達のさりげないアピールや駆け引き、仕事を奪い合う姿に、恐怖を感じたそうだ。そういえば作業中、「南さんの切ってくれたにんじん、不ぞろいだから切りそろえておくね」だの「あ、ダメダメ、パスタのゆで汁は捨てちゃダメなんだよ」だの「フライパンは、スポンジのやわらかいほうで洗おうね」だのと三人からちくちく言われたっけ。大抵は近くに講師を含む男性がいるときだった気がする。特に料理好きでもなければ、男性に家庭的だと思われたいという願望もないわたしは、今の今まで全部親切で言ってくれていたのだと思っていた。

「ああいうの、俺こわい。大嫌い。女ってイヤやって気持ちになる。合コンでやたら料理をとりわけたがる女とか、抱きたいとも思わへん。南さんぐらいガサツなのがちょうどええわ」

「ふうん。あんたの女の趣味なんてどうでもいいけど」

「そういや、あの髪の毛もじゃもじゃのデザイナー君はよかったやん。自分と話あいそうやったで」

「えー、勘弁してよ。やだ、絶対やだよ。もう本当いや。友達にもなりたくない」

「なんでや。何がダメなん」

「空気読めないところ。うるさいところ。わたし、うるさい男って嫌いなの。馬鹿《ばか》みたいだし。酔っぱらって下ネタ言ったり、ちょっとやりこめられると黙ったりさ。素敵だと思えるところがひとつもなかった。顔は悪くないし、まあ映画の話はちょっと興味そそられたけど、でも全体的な言動が格好悪いのよ。そんな人好きになれない。お金もあんまり持ってなさそうだし。そもそも五つも年下。やだよ。絶対にいや」

山田は口をつぐみ、何か言いたげにこちらを見る。でも何も言わない。

「何さ」

「そういう駄目なところを、かわいいって思ってやれへんの？」

「やれへんわ」

「誰しも欠点はあるんやで。初対面で完璧な人間より、最初から欠点さらしてる奴《やつ》のほうが信用できると思わへん？」

「さらしてる欠点のレベルにもよるでしょ」

「でも自分、どんなささいな欠点も見逃さずに男を切り捨ててまうやん。そんで毎回あんな奴ムリムリ言うてるやん」

「……」

「そういう自分はそんな完璧な女なん？」

何も言葉が出てこなかった。山田の言っていることはまったくもって正しかった。もしかすると今日会った男性たちから見たら、わたしは小池レベルに〝無理な女〟かもしれなかった。料理は下手。片づけも手伝わない。少々の下ネタにびくともしない。愛想も悪く、二次会にも付き合わない。

「あー、もういい。やっぱりわたしには彼氏はできないよ。わたしは欠陥人間なんだよ」

「そうやってすぐに後ろ向きになってサジを投げるのも、自分の欠点やで」

「……」

「で？　あの料理講師はどうすんの？　あきらめへんの？」

「……あきらめない。あきらめられない」

「じゃあ、俺からいくつかアドバイスしたるわ。絶対に守るんやで」

わたしは顔をあげた。そして、こくりと頷《うなず》いた。

「まず、メールの返信の催促はせえへんこと。何日待たされてもじっと我慢。間違っても、俺にしたような自爆メールはしたらあかん」

「自爆メール？」

「自分が、去年の大みそかに送ってきたようなの」

あ、と思わず声が出た。昨年末、三度目のデートをキャンセルされて以来、山田と連絡がとれなくなったことで徐々に精神を蝕《むしば》まれていったわたしは、十二月三十一日の夜、得意でないビールを二缶飲んだ挙句に、「今年も終わりだねー。メール待ってたけどこないからあきらめるね。クソ男君のこと本気で好きだったんだけどなー」という恥ずかしすぎる内容のメールを彼に送りつけた。

「ああいうのは逆効果。自分は俺を振り向かせるためにやったのかもしれへんけど、あんなもんただの自爆やで」

「おっしゃる通りです」

「自爆したほうはそれですっきりするかもしれへんけど、一方的に死体を見せられるこっちはたまらんわ。困惑するだけ」

確かに、自爆メールを送った途端、憑《つ》き物が落ちたようにわたしは山田のことが心底どうでもよくなった。

「とにかく、催促、深追い厳禁や」

催促、深追い厳禁。わたしは口の中で山田の言葉を繰り返した。

「それと、絶対に下手《したて》に出るようなことはしたらあかん。強気でいくんや」

強気、とまた繰り返す。

「こんな男いくらでもおるわっていう余裕の態度で、じっと待つ。そうすれば必ずええことがある」

わたしは自分のスマホを見る。講師にメールを送ってから二時間がたっていた。返事はない。今夜寝るまでに、わたしは一体何度センター問い合わせボタン（著者注・キャリアメールにそういうものがありました。わからないLINE世代は自分で調べてください）を押すのだろうと思う。

次の日、メールの返事はなかった。センター問い合わせ回数は十三回。その晩、様子見のメールを送るべきか否《いな》か、仕事もせずにベッドでゴロゴロしながら一時間迷い、とりあえず一回だけ送ってみようと決心した。一度催促した程度でしつこいとは思われないだろう。もし思われたとしても、そんな心の狭い男はこっちが願い下げだ。その後さらに二時間かけて「こんばんは。仕事はお忙しいですか？　もし時間できたらお返事もらえるとうれしいです」というメールを書き上げた。顔文字をいれるべきか、時候の挨拶《あいさつ》をいれるべきかなどさらに一時間検討を重ね、結局現行のままでいくことにした。なるべく短文で、まどろっこしくならないほうがいいと思った。すでに0時をすぎていたが、ここまで時間をかけたのだから明日に先延ばしにはしたくなかった。ところが、いざ送信ボタンを押そうとした瞬間、玄関のほうからバンと大きな音がし、突然、部屋が停電した。

分電盤を見にいくと、漏電ブレーカーが作動していた。手探りでスイッチを操作するとすぐに点灯した。漏電なんて、このマンションに住みだしてはじめてのことだった。何が原因だろうと考えながら部屋に戻ってスマホを見たら、「注意して　そんなメールは　事故のもと」という打ちこんだ覚えの全くない言葉が画面に表示されていた。もちろん、自分で書いた文章は消えていた。

翌日もメールはなかった。五分おきにスマホをチェックしてしまうのをどうしてもやめられず、明らかに仕事に支障をきたしていたので、というか昼過ぎに起きてパソコンの前に座ってから五時間たっているのに一文字も原稿を書いていないのはさすがにさぼりすぎなので、スマホの電源を切るだけでなく電池を抜き、その電池を洋服ダンスの奥にしまい込んだ。しかし、三分もしないうちに取り出してスマホの電源を入れセンター問い合わせをしてしまった。

新着メールはありません。

ありません。

ありません。

ありません。

何をやっているのだろうか、わたしは。本当に三十二歳だろうか。子供の頃、三十二歳になったときの自分がこれほどまでに愚か者だとは全く想像していなかった。

わたしはもう一度スマホの電池を抜き、それを本棚の上にのせ、そのまま上着を着て散歩に出かけた。

外はすっかり日が暮れていた。春の風はまだ冷たかった。保育園のお迎えの帰り途中と思われる親子たちとすれ違ったとき、ふいに、この間山田が言っていたことが脳裏をよぎった。

絶対に下手に出るようなことはしたらあかん。強気でいくんや。

言われたときは、正直その意味がよくわかっていなかった。しかし今、急に理解できた。

そうだ。わたしはずっと下手に出てばかりだった。好きな人にメールを無視されるとすぐに不安になり、「忙しいところごめんね。こないだの件、返事もらえるとうれしい。でもせかしてるわけじゃないから！」とか「時間できたらまた会えるといいなー。でもせかしてるわけじゃないからね！」とかいった、今考えると下手以外の何ものでもないメールを送りつけていた。よかれと思ってやっていた。だって、「返事ちょうだいよ！」なんて怒るのもアレだし、かといって何もしないのも忘れられそうだし、相手を悪い気分にさせないでこちらに気を向けるには、できるだけへりくだったほうがいいに決まっていると信じていた。

しかし、それは逆効果だったんだろう。こいつは俺より立場が下だと思われただけだった。こんなやつないがしろにしてもいいかとますます足元を見られ、そのまま無視続行、そしてフェードアウト。そんなことが山田以外にも何度もあった。

よく考えたら、というかよく考えなくてもそれは当たり前のことだった。相手の立場に立ってみたら容易に想像がつく。デートに誘うのにいちいち下手に出てくる男なんて嫌だ。一日二日メールの返信を忘れただけで、様子見しているのがバレバレのメールを送りつけてくるやつなんて面倒くさくてもっと嫌だ。わかっている。わかっているのに、少しでも思い通りにいかなくなると悲観とパニックと絶望が同時に頭の中で巻き起こって、ただただあわてて馬鹿なことをしてしまう。

山田に対しても、たとえばこちらからは一切連絡をしなかったり、あるいはデートの誘いもすぐに応じずにじらしてみたりしていたら、結果は違ったんだろうか。……いや、あいつの場合はそんなに違わなかったかもしれない。

その晩も講師から連絡はなかった。気を抜くとすぐ、「一回だけメールしてみようかな」という弱気な考えが頭をもたげたが、そのたびに狂おしいまでに腹の立つ山田の出っ歯むき出しの笑顔を思い浮かべてなんとかこらえた。

返事があったのは、お料理合コンからちょうど一週間後の夜だった。

「遅くなってすみません。店の研修旅行でローマにいっていました。明日明後日《あしたあさって》は休みなんだけど、どうでしょう」

山田の指示は全くもって正しかったのだ。あの男は神様が遣わした天使なのだろうかと、わたしは一瞬マジで思った。

二日後、彼のいきつけだというビアバーで食事をすることになった。

前日の夜、そろそろむだ毛の処理をしようかと押し入れの中の身繕い箱（中身は毛抜き、綿棒、高級フェイスマスクその他）を出して振り返ると、目の前に山田が立っていた。

山田から忠告されたのは、以下の二点。一つ目は、自分を偽らずにありのままのわたしで彼と接すること。下ネタを言いたくなったら言えばいいし、ときどき深夜にペヤングをむさぼり食っていることも、朝ご飯代わりにわさビーフ一袋食べることが週に二日あることも、話したくなったら隠さず話せばいい。相手に気に入られるために料理が得意だと嘘《うそ》をついたり、なんとかその場を盛り上げようと下手にはしゃぐようなことはせず、友達と接するように彼と接すること。それがどんな効果をもたらすのかはよくわからなかったが、とにかくそうしろと山田は力説していた。

そして二つ目。誘われても絶対に密室で二人きりになってはいけない。セックスからはじまる恋愛もなくはない。なくはないが、それはよっぽど巡り合わせがよかったか、女が手練《てだ》れだった場合に限り、しかしわたしと講師の巡り合わせがいいかどうかはわからないし、そしてわたしは全く手練れでなく、恋愛スキルのレベルは素人《しろうと》もいいところ。いくら山田の後ろ盾があるといっても、自分からヤリ逃げされるリスクを負う必要はどこにもない。

「ここで断ったら二度目はないかもしれへんと弱気になったらあかん。次はセックスできると期待だけさせて、その日は別れるんや。あとはじっとしといたらむこうから追ってくる。男はハンターなんや。はじめから全てを与えたらあかんねん」

約束の夜、ネオンのまたたく繁華街の坂道を歩きながら、わたしは山田の言葉を何度も反芻《はんすう》した。男はハンター。最初から全てを与えてはいけない。

彼が予約してくれた店はずいぶんと混み合っていた。わたしは狭いカウンターに通された。周りは常連客ばかりのようだった。

約束の時間を十分すぎても彼は現れなかった。なぜか何も頼まないうちから生ハムだのオリーブだのが出てきた。どうやら講師もこの店の常連であり、そして彼はいつもこうして相手を待たせているので、店の人が気遣ってサービスしてくれたらしかった。

結局、彼は三十分遅刻してきた。

店に現れた途端、わたしに挨拶する間もなく、講師はまわりの常連や店員に代わる代わる話しかけられ、落ち着いて隣に腰掛けるまでに五分近くを要した。そのうえ一人とてもしつこい女がいて、ずいぶん粘って彼に話しかけ続けるので、さらに十分近くわたしはおとなしく待っていなければならなかった。

「ごめんね、またせちゃって。いや、もうしわけない」

そう言って、彼はやっとわたしとグラスをあわせた。正直、少々むかついていたが、同時にちょっとした優越感も味わっていた。

周りの常連客、とくに女性たちがこちらをちらちらと盗み見ていた。とにかく彼は相当な人気者のようだ。これまでの人生、同性から嫉妬《しっと》の目を向けられる、という経験が全くといっていいほどなく、むしろ誰かを羨望《せんぼう》の眼差しで見つめることのほうが圧倒的多数だったわたしにとって、なかなか新鮮な光景だった。

そして、今夜の彼もとても素敵だった。赤と青と白のストライプのシャツに白いパンツ。足下はスリッポン。おそらくとてもおしゃれな装《よそお》いなのだと思う。おしゃれな人たちの中でさらにおしゃれだと賞賛されるようなレベルなのだろう。わたしはファッションのことは何もわかっちゃいないのだが、でもたぶんそうだ。ヘアスタイルも自然な感じで、ちょっとそり残した髭《ひげ》がいわゆる「抜け感」を演出し（って抜け感がどういったものかはよくしらないので勘で書いています）……わたしの貧困なファッションボキャブラリーでは彼の今夜のスタイリングに関する描写はそろそろ限界なのだが、とにかく講師はわたしが今まで接したことのないレベルのイケメンでありリア充でありおしゃれピーポーであって、彼より上はもう芸能人とかそんなものしかいないのではないかというぐらいの、まあとにかく選ばれし民なのだった。

話すうち、講師が人気者なのは見た目のせいだけではないことが明らかになっていった。芸能プロダクションを経営する父親のもとにうまれた彼は、幼稚園から高校まで私立名門校に通ったあと、大学進学はせず、家族の反対を押し切って料理修業のために渡伊。三年前に帰国して以来、父親の友人がオーナーをつとめるレストランでシェフとして働きながら、高校時代の友人とともに広尾でセレクトショップを経営、ときどき趣味でクラブDJをやりつつ、そのファッションセンスを買われて、高校時代から付き合いのある某有名俳優の個人スタイリストを請け負っているという。さきほど、彼より上は芸能人しかいないと書いたが、ここまでくるともう芸能人と同レベルとみなしてもいいような気がしてきた。実際、芸能人の友人知人もたくさんいるようだった。

彼は決して、自慢話はしなかった。ただ淡々と自己紹介をしただけだった。しかし聞けば聞くほど、なぜ彼がわたしと二人で会う気になったのか、てんでわからなくなった。たぶんこの店にいる女のほとんどを彼は自由に抱けるだろう。しかも、わたしより若くて美人でおしゃれでモデル並みのスタイルの女ばかり。さっきは優越感を抱いたが、そんなのはあっという間に消滅し、今、わたしは泥のように重たいいたたまれなさにどっぷりと浸《つ》かっていた。

わたしのような売れない作家をやっている三十過ぎの膝《ひざ》ダルダル女は、さえないサラリーマンとさえない合コンをやっているぐらいでちょうどよかった。彼のような人とデートするなんて、身分不相応もいいところ。昨晩、山田にありのままの自分でいけと言われたが、とてもじゃないが深夜にペヤングを鬼食いしていることなど打ち明けられない。

結局、わたしは山田の忠告を完全に無視し、週に四日は自炊をし、得意料理はボルシチで、小説の依頼はそこそこ多く忙しい毎日を送っていると見栄《みえ》を張った。少しでも彼とのレベルの差を縮めたかった。何のレベルなのか自分で書いていてよくわからないが。人間としての格？　格のレベル？　いや、格っていったい何だろう。わたしより彼の方が格が上だとして、その根拠はいったい何なのか。芸能人の友達がたくさんいること？　ファッションセンス？　顔面偏差値？　体験人数？

もうわけがわからない。

気づくと講師の右手がわたしの右腰に回っていた。わたしが一杯のウーロン茶（山田に酒は飲むなときつく釘《くぎ》をさされていた）をちびちび飲んでいる間に、講師はいろいろな種類のビールを何杯も空け、酒臭い息を吐き出し続けている。さっきまで気取った様子で現代アートの話をしていたのに、今は好きなAV女優について熱く語っていた。

わたしもときどきエロ小説の資料映像扱いでエロ動画をネットであさって見ることがあるので、話を合わせようと思えばいくらでもできた。しかし、わたしはただニコニコしながら黙って彼の話を聞いていた。講師の手が腰から背中へ、また腰へ移動した。何度か体をぎゅーっと押しつけられて重たかった。二軒目にいこうと言われた時点で終電まであと十五分を切っていたが、もうなんだかすべてがどうでもよかった。こんなリア充の怪物みたいな男がわたしのような膝ダルダル星人と結婚を前提としたお付き合いをしてくれるなんて、そんな奇跡は起こりようがないのだ。だったら一回ヤることだけヤッて、女友達との話のネタにでもしよう。もしかすると一発逆転で、セックスをきっかけにお付き合いなんてことになるかもしれない。というかもう一発逆転的なものを狙っていくしかほかに手はないのではないか。山田の言うように次回を匂《にお》わせて別れたところで、講師みたいな人がわたしなんかと二度三度会うための時間を捻出《ねんしゅつ》するとはとても思えなかった。わたしが彼だったらそんな時間の無駄遣いはしない。もっと若くて、かわいくて、膝のきれいなギャルと遊ぶ。

支払いは彼がしてくれた。店を出ると彼は無言でタクシーを拾った。運転手に告げた地名は、彼のマンションの所在地と同じだった。五分後、大通りでタクシーを止めると、彼は「コンビニ寄る？」と聞いた。わたしは「寄る」と答え、目の前のローソンに入り、化粧水やクレンジングの入ったお泊まりセットと水とクリームパンを買った。昨夜、山田の姿が消えたあと、無駄毛の処理をしておいてよかったと思う。

彼のマンションは想像よりこぢんまりとした普通の1LDKだった。衣食住の中で住にだけ興味が持てないのだそうだ。しかし実は同じ建物内にもう一部屋借りていて、そこは大量の衣類を保管するクローゼットとして使用しているのだという。

リビングのソファに座ると、彼が温かいお茶を二人分淹《い》れて出してくれた。「水があるからいいのに」、とわたしが言うと、彼は自分の体をさすりながら「なんか寒くない？」と言った。

「いや……全然寒くないけど」

と答えつつ、妙な殺気を感じてわたしはベランダのほうを振り返った。五センチほどあいたカーテンの隙間《すきま》から、二つの暗い目がこちらを覗《のぞ》きこんでいた。思わず「ひゃっ」と声をあげた。

「どうしたの⁉」

「いや、何でもない」

そう言いつつ、もう一度ベランダのほうを見る。わかっていたが、山田だった。山田は自分の肩や腕などをパシパシ叩くという謎の行動をしていた。少しして、どうやら野球のブロックサインをやっているらしいことに気づいた。しかし、山田との間で事前にサインの取り決めをした覚えはなく、したがって彼がわたしに何を伝えようとしているのか、バントなのかエンドランなのか、全くわからなかった。あいつはバカなのだろうか。本当に生前は医者だったのだろうか。

「ねえ、何見てるの?」

「え?」

「南さん、さっきからベランダのほうばっかり見てるよね? 何見てるの? ていうか、何か見えてるんじゃないの?」

講師の唇の色がプール帰りの小学生みたいな紫になっている。心なしかその声は震えていた。

「いや別に見てませんけど」

「いや見てたでしょ。ほら! また! 今一瞬ちらっとベランダ見たでしょ」

「見てません」

「嘘つかないでよ。俺は幽霊は見えないけど、結構霊感は強いっていうか、敏感なんだよ。ねえ、何か見えてるんじゃないの？　正直に言ってよ」

「何も見えてません」

「なんか変だよ。南さん、変だよ」

講師はパニック状態になりかけていた。イケメンが取り乱す姿ほど見たくないものはない、とわたしは冷えていく心の中で思う。

「さっきから妙に寒いしさ。南さんには何か見えてるみたいだし。うわー、やだな。絶対何かきてるよー。絶対いるよー。君が連れてきたんだよー。俺わかるんだよー」

そのときだった。突然、バンと音を立てて室内が停電した。

と同時に、講師が女の子みたいにキャーッと叫んで床の上にうずくまった。わたしは唖然《あぜん》としつつ、自分のスマホの明かりを頼りに分電盤を探しだし、漏電ブレーカーが作動しているのを確認した。スイッチを押し上げると点灯した。講師はリビングの真ん中で丸くなって震えていた。

「あの……電気もどりましたよ」

講師はうずくまった姿勢のまま顔をあげ、カッと目を見開いた。そして「帰ってよ！」と金きり声で叫んだ。

「絶対何か連れてきたでしょ。俺、そういうのわかるんだ。絶対、絶対この部屋には今、何かがいる。間違いない。とにかくもう帰ってよ！」

「……あの、じゃあ、帰ります」

「ま、待って」

講師は這《は》うようにしてこちらに近づいてくると、わたしの右の足首をつかんだ。

「やっぱり、一晩一緒にいて」

「は？」

「君が変なのを連れてきたんだから、責任もって朝まで一緒にいてよ！　俺、怖くて一人で過ごせないよ。お願い」

講師はわたしの足首を摑《つか》んだまま、土下座の姿勢になってぶるぶる震えだした。どうせ、終電はとっくに過ぎていた。わたしは脱力してその場にペタンと座りこみ、「いいですよ」とベランダのほうを見ながら答えた。

相変わらず山田がドヤ顔でブロックサインをこちらに送っていた。

だからわたしも肩や腕を叩いてサインを送りかえした。「二度死ね」と送ったつもりなのだが、通じたかどうかはわからない。

講師は風呂《ふろ》にも入らず、服も着替えずに、しかも照明を点《つ》けたまま寝ると言いだし、そしてそれをわたしにも強要した。セミダブルのベッドに並んで横たわると、講師はすぐに手を握ってきた。もしやここからまさかの超展開⁉と期待したのもつかの間、彼が鼻声で「外が明るくなってきたらすぐに帰ってね」と言った。それから間もなくして、横からすやすやと穏やかな寝息が聞こえてきた。

わたしは自分の腕で光を遮りつつ、考えることにした。何を。何かを。何かを考えなければ。今日の反省とこれから自分がどうしていくのかを。でもまぶしさのせいか、ろくなことが頭に浮かばなかった。ただただ自分が情けなくて仕方がなかった。

無論、セックスできなかったことが情けないのではない。その場の雰囲気に飲まれて、会って間もない男の部屋にノコノコついてきてしまった自分の迂闊《うかつ》さ、軽はずみさが情けなかった。たった数ヶ月前に山田のことがあったばかりなのに。そしてわたしは山田にも話しておらず、ここで読者のみなさまに恥をしのんではじめて明かすのだが、一昨年に婚活をはじめて以来、男性と一回こっきりの関係で終了してしまうという事案が実は三度あった。すべてのケースに例外なく共通しているのは、相手が自分とはどう考えても不釣り合いな高スペック男だったということだ。

そんな男たちからホテルや自宅に誘われたとき、毎度頭に浮かんでいたのは「こんなにレベルの高い男が誘ってくれるなんてこと、もう二度とないかもしれない」という我ながら卑しすぎる考えだった。今まで、そんな考えを持ってしまうのは、うまれ持った貧乏性由来のもったいない精神からくるものだと思っていたのだが、それもあるのだろうが決してそれだけではなく、結局のところは相手の意に沿わないことをして嫌われたくないという情けない弱気、卑屈さからくるものだったのだろう。三十過ぎで売れない作家で膝ダルダルで料理もろくにできず深夜にペヤング食べてるようなわたしのようなものを誘ってくれたんだから、喜んで受け入れるべきだ。駆け引きや出し惜しみをして嫌《いや》われてしまったら元も子もない。一回ぐらいしたって減るもんじゃないし。それで、もしも一回こっきりで終わってしまったのだとしたら、結局のところ釣り合わない相手だったということなわけだし。いつもそんなふうに自分で自分を無理矢理納得させながら、わたしはおめおめとヤリ逃げされていた。

確かに、山田も講師も、そしてほかの三人の男性たちも、見た目あるいは学歴あるいは年収が人より優れていた。でもだからといって、卑屈になって何でも相手の望むまま差し出す必要なんてどこにもないのだ。メールで下手に出てしまうこともそうだ。いつの間にわたしはこんな弱気な女になってしまったのだろう。少なくとも二十代の頃はもっと強気だった。相手がエリートサラリーマンだろうと医者だろうと、初回のデートでホテルに誘ってくるような不届き者には「死ね！」ぐらいの暴言は平気で吐いていた。いわゆる隙のない女だった。そのせいもあって、一回こっきりの経験は皆無だった。

肩書きや地位で人を差別するような大人にはなりたくなかった。でも実際わたしはそんな大人になってしまった。三十歳をすぎて気持ちが弱くなってしまったのかもしれない。いや、それより〝結婚〟という魔の二文字がわたしを激しく惑わせている気がする。でもわたしはもう三十歳を過ぎていて、だからどうしても結婚を意識しないわけにはいかなくて、であればやっぱり勤め先とか年収とか気になるのは当然のことで、とするとどうしても自分に不釣り合いな相手に対しては下手に出ざるをえなくて、だってわたしは三十過ぎで売れない作家で膝ダルダルで……。

じゃあ自分と釣り合う相手とならば、卑屈にならず下手に出ることもなく、山田が昨夜言っていたような「ありのままのわたし」で付き合えるのだろうか。

でも自分と釣り合う相手って、一体何を基準に決めればいいわけ？　顔面レベル？　年収？　生まれ育ち？

わからない。

誰か「この人です！」って決めてくれないだろうか。ってそれはもはや昔ながらのお見合いだ。お見合いの制度そのものがイヤなのではなく、わたしは誰かと、わたしが心から愛せる誰かと、自然に惹かれ合ってつがいになりたい。

それはかなわぬ夢？

ぐるぐる考えているうちに、しらじらと夜があけてきた。もうとっくに始発は動いているだろう。講師はすっかり寝入っていた。彼を起こさないようそっとベッドを抜け、忘れ物をしていないか慎重に周りを確認したあと、部屋を出た。

朝日がまぶしかった。

第三話　なんかムリ、なんかイヤ

たった一度の失敗でやる気が底をついた。何をやってもどうせうまくいかないというネガティブな考えが頭から離れず、このまま無理に行動してもいい結果は出ない気がした。とりあえず一ヶ月は何もしたくない、と山田に宣言し、わたしは婚活を一休みすることにした。

原稿仕事はエロ小説一本だったので早々に仕上げ、あとはバイトにいくか家でネット動画を見るかしていた。五月のゴールデンウイークも友達と一度食事にでかけただけで、ずっと家に引きこもっていた。その間、昼の十二時に寝て深夜一時過ぎに起き、主食はペヤングという廃人半歩手前の生活を送った。

毎日、真っ暗な部屋の中で目を覚ますたび、頭に浮かぶのは「いっそ死のうかなあ」という薄ぼんやりした自殺願望だった。愛してくれる恋人もいない。本を出してもろくすっぽ売れず、作家仲間に後れをとるばかり。この間コンビニにいって雑誌の立ち読みをしたら、手にとる雑誌全《すべ》てに知人友人の作家の連載記事や取材記事が載っていて、目の前のガラス窓を突き破って道路に飛び出したくなった。私生活も仕事も、どっちもうまくいかない。いつまでこんな暮らしを続ければいいのだろう。売れる見込みのない小説を小さな部屋でシコシコ書きながら、たった一人で寝て起きて食べる生活。これまでに手に入れられなかったものは、この先も手に入れることはできない。三十代とはそういう時期だ。

ぐーっと腹が鳴った。

今は深夜三時。さっき起きてペヤングを食べてまたゴロゴロしていたところだった。腹時計もぐちゃぐちゃだ。長いため息を吐きだし、布団《ふとん》を抜けて蛍光灯を点《つ》けた。するとガラガラッとベランダの窓が開き、約一ヶ月ぶりに山田が姿を現した。

わたしは山田をガン無視したまま、インスタントラーメンを作りはじめた。麺《めん》をゆでながら同時に野菜をいため、丼《どんぶり》に一緒にもりつけた。それを部屋に運んでいくと、山田がフフンと息を吐いた。

「サッポロ一番みそラーメンをそこまでうまそうに作るとは、なかなかやるやんけ。俺がここにきたときにそれ出してくれとったら、落ちてたかもな」

わたしは何も答えず、無言で麺をすすった。

「そういえば得意料理って聞いたことなかったけど、何？　まさかボルシチとか言わへん……」

山田が言葉を止めた理由はわかっていた。

「なんで泣いてんねん」

「わかんないよ」

本当はわかっていた。孤独がピークに達していたところで人の声をそばで聞き（つってても相手は昨年ヤリ逃げしやがったクソ男でしかも現幽霊なのだが）、ホッとしていた。悔しいが嬉《うれ》しかった。それだけ心が冷凍みかんのように冷え冷えになっていたということだろう。つまり頬をダラダラと流れるこの涙は、心が温められて溶けだした氷のしずくなのだ（うまいことといったつもり）。

誰かと一緒にいるだけで、こんなにも安らかな気持ちになれるのだなと、鼻をすりつつ思う。一人でいたって二人でいたって、わたしが三十過ぎの売れない作家で目の周りが加齢によるくすみでどす黒くなっていることには変わりないけれど、でも、一人でいるより二人でいるほうが、辛《つら》くない。悲しくない。ともすれば楽しい。

「なんなん自分、情緒不安定？　女の子の日なん？」

困惑している様子の山田をちらっと見て、わたしは言った。「あのね。わたしね。今月、婚活する。また頑張る」

「その前に、前回の反省が必要やと俺は思うねんけど。どうなん？　どう思ってんねん。あの講師との件は」

「別にあんな人、今さらどうも思ってないけど。連絡もないし」

「そらないやろ。いや、奴《やつ》をどう思ってるとかやなくて、なんであんなことになったのか、反省の弁を述べなさいと俺は言うてんねん」

「……うーん、やっぱ顔で男を選んだのがまずかったかなあ」

「後は？」

「それだけかなあ」

「……」

「やっぱさ、男は中身を見ないとダメだよね、うん。顔がいいとか、人気者とか、服がオシャレとか、そんなことに惑わされるのはもうやめにして、とにかく男の中身を見るようにする。そうだ、それがいいよね」

「……中身って、何をさして言うてんの？」

わたしは口いっぱい麺を吸い込んで咀嚼《そしゃく》しつつ、考える。

「えっとー、中身っていうのはー、えっとー、やさしくて思いやりがあってー、真面目《まじめ》でー、とにかく遊び人じゃない人。結婚を真剣に考えてる人。で、わたしのことを好きになってくれる人。わたし、次にわたしのことを気に入ってくれた人と付き合うわ。最近思ったんだよね。自分を好きになってくれた人を受け入れることこそが、真の妥協なんじゃないかって」

「優しくて思いやりがあって自分のこと好きになれれば、ゴリラでもええんか」

「動物と付き合えるわけないじゃん。バカじゃないの」

「例えでいうてるに決まってるやろ。中身がよかったら、ゴリラみたいなけむくじゃらのオッサンでもええんか？　ブタみたいに太ったオッサンでもええんか？」

「そんな極論言わないでよ」

「極論やない。ゴリラもブタも婚活の現場にはいくらでもおるやん。自分が一番わかってることやろ」

山田の言うことは一理あった。ゴリラやブタだけじゃない。カバとかサルとかトカゲとかいっぱいいる。

「でも……もう贅沢《ぜいたく》言ってられないしさー。このまま一人でさみしく生きていくぐらいなら、ゴリラでもそばにいてくれたほうがいいかも」

「なあ、落ちついて、もっと真剣に考えたほうがええんちゃう？　どういう人と付き合いたいのかとか、どういう結婚をしたいのかとか、もっとビジョンを……」

「いやだからさ、ウダウダ考えるからダメなんじゃん。次にわたしを気に入ってくれた真面目な人と付き合う。この決意一本で充分よ。決めたの。決定！　この決意を貫けば絶対彼氏ができるはず。今、わたしすごくモチベーションが高まってる。この機を逃したら、またすぐテンション落ちちゃうからねっ。J子に連絡して、お見合いパーティ誘ってみる」

山田はむっつりと黙りこんだ。何か言いたげだったが無視し、空になった器を下げに台所にたった。

J子に声をかけると、彼女もそろそろお見合いパーティにいこうかと考えていたところらしかった。二年前、わたしたちはお見合いパーティに毎月のようにいっていたが、なかなか思うような成果があげられず、自然と二人とも遠ざかってしまった。

第二話でお見合いパーティにくる男性をさんざんクサしておいてアレだが、全部が全部悪かったわけでも実はない。お見合いパーティや婚活パーティときくと、〝ろくな人がきていない〟というネガティブなイメージを持つ人も少なくないと思う。わたしたちも最初はそうだった。しかし実際参加してみると、確かに変な人も多いが、それればかりではなかった。目の覚めるようなイケメンにはさすがにお目にかかれなかったものの、医者や弁護士など、合コンではなかなか出会えないような高ステイタスの男性も少なからずいた。

ただいかんせん、地味。面白みがない。そして決定打に欠けるというか、地味ゆえにこちらに訴えかける何かが足りない人が多かった。

当時はわたしもJ子も今より二歳若かった分、危機感が足りなかった。次こそは、と思いながら回数を重ねるだけで、時間と金を無駄にしてしまった。しかし二人とも、いよいよ余裕ぶっこいてはいられなくなってきた。決め手がどうの、面白みがどうのといっている場合ではない。J子も最近合コンで敗戦続きらしく、とにかく真面目で、結婚を前提とした交際相手を見つける意欲のある男性と知り合いたいという点で、わたしたちは一致していた。

わたしたちが今回申し込んだパーティの会場は、新宿のとあるビルの一室だった。土曜日の昼間。参加条件は三十代・四十代であることのみ。この手のパーティは男性側に年収や職業の条件がつくことが多いが、相手に求める条件が多すぎる自分たちへの戒めの意味も込め、あえて今回は何もないシンプルなものを選んだ。当日、十階建ての小さくも大きくもないビルのエレベーターを五階で降りると、暗い廊下の先に折り畳みテーブルだけのきわめて簡易な受付があり、スーツ姿の若者が一人ぽつんと所在なさげに立っていた。

それは、わたしにとってもJ子にとってもなじみ深い光景だった。ああ、お見合いパーティにきたのだなあとしみじみ思う。ホームページ上では東京の夜景や着飾った人々の楽しげなパーティ画像とともに、エグゼクティブだの都会だの最高のロケーションだのといった華やかな言葉が躍っていても、現場に漂うのはどうにもならないこの貧乏くささ。参加費がせいぜい二、三千円のパーティにマジのエグゼクティブ（ってエグゼクティブが何のことかわからずにわたしは書いています）を求めてもどうしようもないことはわかっているのだが。

会計を済ませ、会場に入る。しかし、受付とは打って変わった見慣れぬ光景に、わたしたちは思わず足を止めた。

これまで参加したどのお見合いパーティも、最初の座席レイアウトは男女が列になって向かいあう形の、いわゆるねるとん方式だった（著者注・かつて集団お見合いのことをねるとんパーティと呼んでいた。理由がわからない若者は各自調べてください）。しかしこの会場は、二人一組の横並びの座席がパーティションで仕切られた、ネットカフェ風の半個室シートになっているのだ。

若い女性の係員に名前を呼ばれ、わたしとJ子はそれぞれの席に誘導された。すでに同じパーティション内に一人の男性が座っていた。座席はそれぞれ壁に向かって配置されており、隣り合わせた異性以外の参加者の顔が見られないようになっている。ねるとん方式と比べて、参加者の心情に配慮した素晴らしいシステムだとわたしはちょっと感動すらしていた。あのねるとん方式は、一列に並ばされている時点で学校の体育みたいで間抜けだし、司会者の号令に合わせて一斉に動かされることも多く(例「では皆さん立って移動をはじめてください」「フリータイム終了です！　速やかに座席にお戻りください」)、それが間抜け度を倍増させ、とくに男性たちの魅力をそぎ落とす結果になっていたと思う。タイムテーブル表を見る限り、このパーティでの席移動は個別に指示されるようだ。無神経な司会者による「ハイ！　ではみなさんスタンドアアーップ！」みたいなオールスター感謝祭みたいなことは起こり得ない。それだけでも床に膝をついて神様にお礼をいいたいぐらいだった。

室内の雰囲気は明るく小ざっぱりした感じで、余計なBGMもなくとてもいい。係員の服装も地味で、いい塩梅《あんばい》に気配を消している。ひどいところだとミラーボールがぐるぐる回っていたり、やかましいトランスがかかっていたり、司会者が変な扮装《ふんそう》をしていたりする。そのような演出は参加者のモチベーションをユンボ並みのパワーで削っていくので、いまだに続けている業者は即刻やめたほうがいいと思います。

気づくとほぼ全ての席が埋まっていた。パーティがはじまるまで隣の異性に話しかけてはいけないなどというルールはないはずだが、誰もが無言だった。わたしも黙ったまま、受付で渡されたカード類（自己紹介と同時に相手に渡すプロフィールカードや、パーティの最後に提出する告白カードなど）を確認したり、タイムテーブル表を眺めたりしていた。最初は、全参加者と三分ずつトークする「自己紹介タイム」。ついで「フリータイム」を挟み、「告白タイム」と、流れはほかの業者とほとんど変わらないようだ。

やがて、パーティがはじまった。

「それでは、これから自己紹介タイムを開始します。まずはお隣の方とお話しください、ではどうぞ」

司会者の言葉を合図に、わたしは隣の男性と顔を合わせた。

彼が、ツルのところがエッフェル塔の形をしたすごく変な眼鏡をかけていることに、そのときはじめて気がついた。あと、額がものすごい急角度のM字型だった。

「で、どうよ。どうなのよ」己の顔より巨大なチョコレートパフェにがっつきながら、J子が言う。

「自分だけカップル成立しといてさー。いいなー、羨《うらや》ましい。で、どうするの？

彼とデートするの？」

「いや……だけど」

結局、わたしは最初に隣に座っていた男性と、はからずもカップルになってしまった。仮の名前をベジータとするが、告白カードに彼の名前を書いた理由はとくになかった。しいて挙げるならば、職業が出版社勤務の編集者（ビジネス書を作っているらしい）で親近感を持ったのと、わたしが売れない作家であることを明かしたら、数十分後のフリータイムまでの間に、スマホで拙著を二冊も購入してくれたのが嬉しかったことぐらいだ。合コンでもそこまでしてくれる人にはめったに出会えない。

編集者らしく話題が豊富でおしゃべりしているのは楽しかった。今回のパーティは男女とも三十代後半の人たちが多かったが、彼はまだ三十歳と若かった。背が高く、すらりとした体型。ハンサムではないが、ぱっちりとした二重まぶたが特徴的な童顔。適度にカジュアルダウンした服装もお洒落《しゃれ》だった。

「あのさ、事前に決めておいたよね。髪の毛の量は条件に入れないって。ちょっと額が広いだけじゃん。あんなのハゲのうちにはいらないよ」

「いや……うーん。髪の毛はまあいいんだけど。あの、髭《ひげ》の剃《そ》り跡が濃いのが……」

「は？」

「わたし、髭が濃すぎる男って苦手なんだよね。だって顔の下半分が全部青くてさあ、あの、耳にひっかけるパーティグッズわかる？　青髭の。アレつけてるみたいじゃなかった？　いわゆる生理的に無理って奴よ」

「そんな生理は捨てろ！」

J子の大きな声に、隣のカップルがぎょっとしてこちらを見た。

「J子だって、この間の合コンで声掛けてきた人のこと、生理的に無理だって言って断ったじゃん」

「だって、五十五歳のバツ2男なんて誰だって無理でしょ？　ていうかそんなことはどうでもいいの。今日のパーティで、彼は断トツのいい人だったじゃん」

そうなのだ。今回は過去に類をみないほど、集まった男性が低レベルだった。例えば、いかにも売れていない感じのキャッチ目的丸出しのおっさんホストが連れだって三名。それから、ボロボロのパーカーに穴の空いたジーパンを穿《は》き、頭部がフケだらけの自称ライトノベル作家。極めつけは五十二歳の大学教授。「最近の婚活パーティは女性が余り気味なんで、男性は少々年齢がオーバーしていても、業者にかけあえばこうして参加できるんですよ」と自慢げに語っていた。わたしは最初の自己紹介タイムで三度も「みごとな巨乳ですね」と言われ、マジでそいつの人中を正義の鉄拳《てっけん》で破壊してやろうかと思った。

そんな中で、インテリジェンスな職業につき、歳《とし》も若くて背も高くてファッションセンスも抜群な彼は、圧倒的な一番人気だった。わたしやJ子だけでなく、ほとんどの女性が彼を指名したはずだった。

「カップル成立のとき、『南さんの話がとても面白かったから』って言ってくれてたじゃん。一人すごい美人がいたけど、あっちじゃなくあんたを第一希望にしたってことは、向こうはあんたと気が合うと思ったから選んでくれたんだよ」

要するに中身を見てくれた、ということだろうか。確かに一人、断トツの美人がいた。

そのとき、テーブルに置いてあったスマホ画面が光った。なんと、ベジータからの電話着信だった。

「出なさいよ」とJ子に鬼の形相でどやしつけられ、しぶしぶわたしは電話に出た。最初の連絡で、メールではなく電話をかけてくるとはなかなかアグレッシブだなと思いつつ。なかなか見込みのある男かもしれない。

挨拶《あいさつ》もそこそこに、ベジータはいきなり食事に誘ってきた。しかも、今夜。

「おいしいイタリアンの店にいきませんか？　もしよかったら今日一緒だったお友

達のJ子さんもどうぞ。僕も一人、友人をつれていくので」

悪くない案だ。いや、むしろ良い。髭があともう少し薄かったら何の問題もないのに、と考えつつ、わたしはJ子に確認せずに彼の誘いにOKを出した。


午後七時、待ち合わせ場所の銀座和光前へ向うと、ベジータの隣に見覚えのある男がいた。

マスクマンだ。

お見合いパーティの際、ずっとマスクを装着していたやる気ゼロ男。白いシャツにチノパン、赤いスニーカーという服装はまるで大学生のようで、女性参加者の間ではサクラ疑惑が出ていた。

「こいつ、覚えてます？　実は俺らも連れ同士で参加してたんですよ」

パーティのときは悩める童貞高校生みたいにふてくされていたマスクマンだが、わたしとJ子が挨拶をすると、マスクをとってぺこりと頭を下げた。たれ気味の目と薄い唇。あどけない雰囲気の顔立ちだが、どことなく前川清に似ている。

その後、ベジータいきつけのイタリア料理店へ移動した。そこは隠れ家風の小さな店だった。ベジータは「じゃあまずは僕のお勧めを……」などと言いながら、手早く料理を選んで注文した。

「こいつは大学の後輩なんですよ。出会いがないから合コンやってくれって頼んだら、先輩に合う年齢の女友達はいないから、お見合いパーティにでもいったらいいんじゃないですかとか言うから……じゃあお前ついてきてくれよって」

「あー、だからあんなにやる気なかったんだ」J子が言った。「ずっと眠たそうにしてたもんね」

「違います」マスクマンは顔の前で手を振って、子供みたいに鼻をすすりあげた。「俺、花粉症なんですよ。ちょうど今の時期に飛んでる花粉がやばくって。朝に薬飲んだから、あの時間が眠くて眠くてたまらなくて。でも、もう大丈夫」

そう言って、でへへと笑う。ブルスケッタのトマトをぼろぼろこぼしながらむしゃむしゃ食べる。見た目だけでなく、しぐさのすべてがあどけないというかガキ臭い。しかし、お見合いパーティのときはマスクに隠れてわからなかったが、肌が白くプリッとして綺麗《きれい》だった。髭もほとんど生えていない。

笑うと顔全体が溶けたような笑顔になって、正直、ちょっとかわいいと思ってしまった。

「マスクマン君っていくつなの？　やっぱり大学生？」J子が聞いた。

「まさか、そんなわけないじゃないですか。二十六です。社会人ですよ」

マスクマンはつぶらな瞳《ひとみ》を見開いて言った。ベジータの後輩なら有名私大卒だから、こんなバカそうな奴でも大企業に勤めているのかと思ったら、四年の進級時に単位が足りずそのまま中退したらしく、数年のフリーター生活を経て、今は小さな不動産会社で働いているという。

ちなみに、今日のお見合いパーティは三十歳から四十九歳までという年齢制限があり、受付で免許証の提示が必要だったのだが、ベジータと同じ学年の先輩から期限切れの免許証を借り、「最近整形したので顔が違いますが自分です」と言い張って突破したそうだ。

「てゆーか、お見合いパーティってパねえっすね」マスクマンは唇をイタリアンソーセージの脂《あぶら》でテッカテカにして言った。「やばくないっすか、あのメンツ。男もだけど、女もパなくて、びっくりっすよ」

「何がどうパねえんだよ」

「いやだって、そりゃ結婚相手見つからないでしょ、って感じの人ばっかかだったじゃないですか。先輩、覚えてます？　ツインテールにしてた四十五歳の女。四十五で、家事手伝いとか言っちゃって、ただの無職ですよ。それでツインテールですよ。あれは男できないですよ。俺、あの人に連絡先が書かれたカードもらったんですよ。メッセージ、なんて書いてあったと思います？　『年下でも大丈夫なんでよろしく』だって。ねーよ。マジでウケる」

マスクマンはフォークを持った手で口元をおさえてフガフガと笑った。誰も同調しなかった。

「あー俺、三十過ぎてお見合いパーティにいくような、モテない人間にはなりたくないなあ」

その瞬間、その場の空気がピーンとはりつめたのがわかった。マスクマンもさすがに気づいたらしく、しまったというように唇を噛《か》んでいる。

「あー……えっと、みなさんはまだ二十代ですもんね。二十九歳ですか？」

「三十二歳ですけど？」J子はゴミ虫でも見るような目で彼を見ていた。

わたしはなんだかおかしくて笑ってしまった。ベジータは気まずそうに目をふせ、マスクマンはひらきなおったのかヘラヘラしていた。

わたしは不思議と、彼に腹は立たなかった。二十六歳の男の子がお見合いパーティに参加したら、あんなことも言いたくなって当然だと思う。三十代のわたしですら、ハゲだのデブだのヒゲだのと文句を言ってばかりなのだから。わたしはただ、まぶしい思いで彼を見ていた。わたしは三十二歳。彼のような二十代の男性から恋愛対象として見てもらうことは、いつの間にかだいぶ難しくなってしまった。中にはストライクゾーン広めの男性もいるかもしれないが、同世代の相手とすらまともに関係を発展させられず苦労しているわたしが、五歳以上の年下男を攻略できるとは思えなかった。

ベジータとマスクマンの顔を交互に見比べる。どう考えても、見た目や年齢で自分と釣り合いがとれているのはベジータのほうだ。見た目のことは横においておくとして、今夜の彼のふるまいはほぼ完璧《かんぺき》だった。誰かの飲み物が空になったらすぐに気づいて注文をとり、わたしたちが上着をはおっただけで何も言わずに店員を呼んで空調を止めさせた。パーティが終わった後すぐに、電子書籍で購入した拙著を読んだらしく、官能小説を「プロの仕事だ」と言ってくれて、お世辞でもうれしかった。

ベジータはわたしとJ子を差別することなく同じように親切に接し、どちらの話にも関心を持って耳をかたむけていたが、しかし、言葉や態度の端々にわたしに対する好意が感じられた。多分、思い違いではないと思う。後日、いや解散後すぐにでも、今度は二人で会おうと誘われるような気がする。

しかし。髭。ああ髭。あの夏の稲穂のように青々とした感じ。よく見ると眉毛《まゆげ》も揉《も》みあげも濃い。黒い歯ブラシみたいだ。まつ毛もバッサバサ。自分でもなぜこんなに男の顔周りの毛にこだわってしまうのかよくわからないが、とにかく嫌悪感《けんおかん》がわいて仕方がないのだ。もしかすると前世でゴリラか何かに殴り殺されたのかもしれない。

そして、それとは対照的な、マスクマンの白い肉まんみたいなツルツルの頬。アレなら一日中頬ずりされても我慢できる。なめろと言われたらなめられるかもしれない。

マスクマンはわたしがエロ小説を書いていることをしると、「下ネタしりとりやりましょう！　まずは俺から。とりあえず、まんこ！」と大声で言い、ベジータにグーで額を殴られていた。とんだ大バカ野郎だ。

でも、かわいい。

なぜか四人全員で連絡先を交換し、一次会で解散になった。別れてすぐ、ベジータからメールがきた。いきなりデートの誘いではなかった。今日のお礼と感想に、気をつけて帰るようにという気づかいの言葉が添えられていた。

「で、いつまでシカトしてんの？」

それから三日たった夜、山田は出窓から入ってくると、わたしに許可もとらずベッドの上に寝転がった。

「いや、どうしてもあの髭が……あと、なんかせかせかしゃべるところもあまり好きじゃないんだよね。わたし、あの若いマスクマンみたいな、おっとりした感じの人のほうが安心でき……」

「あれー？　なんか最初に言うてたことと違うなー？　おっかしいなあ。外見に対するこだわりは捨てたとか言うてなかったかなー？　俺の聞き間違いかなあー」

「いや、そういう問題じゃないのよ。今回の人の場合、しゃべり方はともかく、どうしても生理的嫌悪感が……」

「そんな生理は捨てろ！」

わたしは口をつぐんで山田をにらみつけた。正直、返す言葉が思いつかなかった。

「そもそもさ、女が言う生理的嫌悪感って一体何なん？　どういう感情？」

「感情じゃないのよ。生理だって言ってるんだから。なんかこう……触れられたくない感じっていうか。その人とキスしたりセックスしたりするところを想像したら、うわー、きもーってなる感じ？　理屈でもないのよ。あんただってあるでしょ？」

「言うてることはわからんでもないけどさ。あの男はお見合いパーティで一番人気やったんやろ？　ということは、ほとんどの人は生理的に平気なんやろ？　自分の感覚がおかしいんやで？」

「だーかーらー、そういう理屈じゃないんだってば」

「自分、そんな贅沢言ってられる立場なん?」

「……」

「そんなブタみたいな顔でにらみつけてきても、状況は変わらへんで」

悔しいが山田の言うことは正しい。ベジータを最後に、もう二度と誰もわたしに好意をもってくれないかもしれないのだ。よしんば好意をもってくれる人が現れたとしても、その人がベジータより好条件である可能性は、高いか低いかでいったら確実に低い。ここ数年、頑張って婚活して今がある。これまでに出会えていない人とは今後も出会えない。

……のだろうか。

いや、そうだ。

だからここでもう手を打つしかないのだ。いつかどこかで決めなきゃいけないんだから。自分のことを気に入ってくれる。なんてありがたいことなのだろう。この気持ちを大事にしなければ。生理的嫌悪感なんて実体のないものにこだわるのはバカバカしいことだ。セックスなんて酒でも飲んで前後不覚になってしまえば誰とでもヤれる。そして一回ヤッてしまえばすぐ慣れる。どうしても無理ならお面でもかぶってもらえばいい。

四十歳になったときに、ベジータのことを後悔しながらお見合いパーティには参加したくない。

「わかった。今から彼にメールする」

そう言って顔をあげたが、いつの間にか山田はいなくなっていた。わたしは空いたベッドに腰かけ、スマホを手に取った。そしてメール画面を開く。まず、ため息が出た。ベジータにメールを送るのがイヤなのではない。実はあの晩、解散してすぐ、わたしはマスクマンにだけメールしていたのだ。

そして三日間、ガン無視され続けていた。

悲しいというより、ただ情けなかった。無視されると半分わかっていたのに、やってしまった。それでも半分は期待していたのだから、バカとしか言いようがない。

ベジータにメールを返したらすぐに返事がきて、それからトントン拍子で食事にいくことが決まった。

六月はじめの週末、彼が銀座の和食屋を予約してくれた。その店は魚介料理が新鮮かつ種類が豊富なのが評判だという。前回会ったとき、わたしが肉より魚のほうが好きだと話したことを覚えていてくれたようだった。

カウンター席だった。顔を合わせて三秒で、彼の右の鼻の穴から竹箒《たけぼうき》状の束鼻毛が飛び出していることに気づいた。髭の濃さについてまだ自分の中で折り合いをつけられていないのに、そこに鼻毛問題まで持ちあがってくるとは、なぜ人生はこんなにも思い通りにいかないものなのかと絶望の淵《ふち》に突き落とされた気分になった。

「とりあえず、乾杯しましょうか」

グラスを合わせつつ、彼の横顔をちらちら観察した。相変わらず髭が濃い。前回の印象が強く脳裏にこびりついてしまっただけでもう一度よく見てみたら許容できる程度だった、なんてラッキーパターンを妄想していたが当然そんなことはなく、変わらず生理的に無理な濃さだった。鼻毛に鼻クソはついていない。心の底からほっとした。不幸中の幸いというやつだ。もし鼻クソがプラプラ揺れていたら、その時点でもうその後何があろうと絶対に彼への嫌悪感を覆《くつがえ》せない気がした。だって、何をするにもそのプラプラ揺れている様が頭に浮かんでしまうはずだから。でも鼻クソはついていなかった。鼻クソはなかったのだ！　やった！　だからまだ大丈夫！　彼が見た目以外のいろいろなところで頑張ってくれたら髭のことなんてどうでもよくなってしまえるかもしれない！

しかし次の瞬間、わたしは再び絶望の淵に引き戻された。

ぶえっくっしょんと彼がくしゃみをしたのだ。その拍子に、鼻毛が出ていないほうの鼻の穴から、白くてカスカスした小さなものがピョーンと飛び出した。

どう見ても鼻クソだった。しぶとく鼻毛の先にからみついている。

……いや、違うかも。あれは鼻クソではなく金平糖かもしれない。あるいは星くず？　スターダスト？　なんてロマンティック⁉

「南さん、顔色悪いですけど、平気ですか？」

「あ、大丈夫です。全然、元気ピンピンです」

「そうそう俺、あれから南さんの本、いくつか読みましたよ」

ベジータはまたわたしの小説を褒めてくれた。婚活で知り合った相手に小説を書いていることを明かしたことは、これまで何度もある。大抵の場合「すごいですねー」「そんな人にはじめて会いましたー」みたいな羽虫レベルにどうでもいい感想が返ってくるだけで、タイトルすら聞きやしない。デートに誘うほどわたしに興味はあっても、わたしの書くものには無関心というタイプはわりと多い。

だから、ベジータが一冊だけでなく複数冊の拙著をわざわざ購入し、しかも忙しい日々の合間を縫ってちゃんと読み、自分の言葉で一生懸命に感想を伝えてくれたことは、素直にとてもうれしかった。

しかし鼻毛アンド鼻クソ。もはや髭などどうでもよくなってきた。

今、彼は三国志の話をしている。お見合いパーティの自己紹介タイムのとき、「最近、三国志に興味があります」とわたしが話したこと（もちろん大嘘《おおうそ》。なぜそんな嘘をついたのか自分でもよくわかりませんすみません本当にすみません）を覚えていたらしく、あれこれ調べてきてくれたようだった。

ありがたいことだとしみじみ思う。山田など最初のデートのとき、「俺、中二のとき風呂場で乳首いじってたら母乳出てきたことあんねん」と下品かつ意味不明な話ばかりしていて、不快を通りこしてこの男バカなんじゃねとしか思えなかった。山田に比べたら、ベジータは知性の塊に見える。

しかし鼻毛アンド鼻クソ。もはや髭以下略。

締めに注文した海鮮釜《かま》めしを食べ終わると、彼は手洗いにたった。戻ってくるまで少し時間がかかった。洗面台の鏡を見て、鼻毛と鼻クソに気づいて愕然《がくぜん》としているのだろうと思われた。実際、戻ってきた彼の鼻周りは綺麗《きれい》になっていたのだが、理由はそれだけではなかった。店員がクレジットカードを返しにやってきた。彼は会計を済ませていたのだ。

「まだ時間あるし、よかったらコーヒーでも飲みに行きません？　近くに穴場のカフェがあるんですよ」

「あ、じゃあわたし——」

がコーヒーおごります、という言葉は喉《のど》の入り口のところで引っかかって出てこなかった。こちらを見た彼の額に信じられないものが付着していた。黒くて細くて五センチぐらいの縮れたもの——INMOU——だった。何が一体どうなってそうなるのか。おぞましさに背中の毛（未処理）が逆立った。

「わたし……がなんですか？」

「あ、あの、わたし、ちょっと仕事ためこんじゃっていて家に帰らないといけないので、コーヒーは次にしませんか？」

たまっている仕事など何もなかった。つい昨日、エロ小説を一本書きあげて担当さんに送ったばかりだった。

ベジータは一瞬こわばった真顔になり、しかしすぐに笑顔を取り繕った。

「そうですね、次に会ったときにお連れします。じゃあ、いきましょうか」

わたしたちは店を出て、駅前で別れた。わたしは地下鉄、彼はJRだった。

わたしは一人になった後も、しばしその場に立ちつくした。行きかう男たちの顔を一人一人観察していた。

「なあ、今何考えてんの？」

なんとなく気配で、山田が現れたことには少し前に気づいていた。

「当ててやろうか。周りの男たち見て点数つけてんのやろ。そうやろ？　それでベジータと比べてんのやろ？」

「そんなことしてません」

わたしは小声で答えた。嘘ではなかった。別に点数などつけていない。「ヤレるかヤレないか生理的嫌悪ジャッジ」をしていただけだ。

ちなみに、わたしのすぐ横に立っている大学生風の背の高い男はヤレる。その後ろにいる小柄な男はヤレない、ムリ。

「自分、今どんだけ不毛なことしてるか、わかってる？」

「……」

「なあ、髭なんてどうでもええやん。鼻毛も鼻クソもなんてことないやん。誰だってそういうことはあるやん。お前は髭や鼻毛や鼻クソと結婚するわけやなくて、人間と結婚するんやで？」

わかってるよ、とわたしはさっきよりもっと小さな声で山田に言い返し、改札に向かって歩き出した。

わたしはベジータからの二度目の誘いを断らなかった。ベジータも意外だったらしく、メールでやりとりしていたのにわざわざ電話で確認してきたぐらいだった。最初のデートから二週間後、今度は表参道の韓国料理屋で会うことになった。わたしが前回「ケジャンを食べたことがないので食べてみたい」と話したことを覚えていてくれたらしかった。

当日、韓国料理屋のテーブル席で向かい合ってすぐ、あ、と思った。前回と比べて、自分の中の彼に対する「無理」という拒絶感が薄まっているような気がしたのだ。散髪したてで、少しこざっぱりしたせいだろうか。確かに前は髪が伸びすぎて、若干暑苦しかった。鼻毛は飛び出ていなかった。もちろん鼻クソもぶら下がっていないし、額に陰毛もひっつけていない。心なしかいつもより髭も薄く見える。青のギンガムチェックのシャツがとても似合っていた。

はじめてのケジャンはおいしかった。ベジータは相変わらず紳士だった。前回会ったとき、次の書き下ろし小説の準備で犯罪ノンフィクションものをよく読んでいるとわたしが話したことを覚えていて、過去に世間をにぎわせた殺人事件の興味深い噂《うわさ》話《ばなし》をたくさん教えてくれた。前回の三国志と同様、わざわざ調べてきたと思われる。

おまけに「さっき寄った雑貨屋で見て、南さんが好きそうだと思ったから」とか何とか言っちゃいながら、オーガニックコットンのガーゼハンカチをプレゼントしてくれた。高価すぎず、でも安物でもなく、そしてわたしがタオルハンカチを愛用していることを知った上での絶妙としかいえないセレクション。話しているうちに、このまま彼のことを好きになれるかもしれない、とマジで思えてきた。とにかく、今日の彼は今までで一番素敵に見えた。ただの慣れかもしれないが、そんなことはどうでもいいことだ。イケるかもしれない。グッと我慢すればヤレるかもしれない。まあ、それでもある程度の我慢は必要なわけだが。

しかし。

そんなワクワクタイムは、なぜか長くは続かなかった。

時間がたつにつれて、覚えのある感覚がじわじわつま先からせり上がってきた。なんかムリ。なんかイヤ。それ以外に言葉が見つからない。感覚を鈍らせるために苦手な酒をいつもよりはやいピッチで飲んだ。しかし無駄だった。ムリ。とにかくムリ。イヤ。お前も作家だったらムリとかイヤ以外の表現でもっとわかりやすく説明しろよと寛大な読者の方々もさすがにイラついているかもしれないが、本当にそれ以外に言葉が見つからないのだ。しいてほかに挙げるなら、キモい。バカな女子高生レベルで申し訳ない。だからわたしは売れないんです。もうこの小説出したら引退して占い師になるんでほっといてください。

二軒目に誘われるかと思ったが、そうはならなかった。校了前で会社に戻らなければならないと彼は言った。嘘かもしれない。空気を読んだのかもしれない。別れ際《ぎわ》、「また会いましょう」と言われたが、彼の目が泳いでいた。ような気がした。タクシーに乗るベジータを見送り、一人になってすぐわたしは大きく深呼吸した。ずっと息が苦しかった。彼と同じ空気を吸うことを本能的に拒絶していたのだと気づいて、愕然とした。

表参道の地下鉄の階段を降りながら、急に視界がゆがんでめまいがした。思わず手すりにつかまった。

「あのさあ」あきれ顔の山田が目の前にたっていた。「なんなん自分? なんで泣いてんの。今日も女の子の日?」

「わかんない。辛いの……」

涙がボロボロこぼれる。その場にしゃがみこんだ。横を歩く女が驚いたようにこちらを振り返ったが、もうどうでもよかった。何もかもうまくいかない。せっかく自分を大切にしてくれそうな人が現れたのに、どうしても受け入れられない。セックスとかの問題じゃなく、顔を見ているだけで背中の毛（今日も未処理）が逆立つ。でもすごくいい人なのだ。条件も悪くない。いやむしろいい。彼と結ばれたら、こんなハッピーエンドはないと思う。どうしてこうなのだろう。自分から好きになる人は遊び人のクズ野郎ばかり。わたしのことを好きになってくれた人に限って、なぜか好きになれない。今回だけじゃないのだ。数年前に婚活をはじめて以来、こんなことをもう何回も何十回も繰り返している。トントン拍子にいく人は本当にトントントントン彼氏を作っていく。なぜわたしだけこうなのか。もしかするとご先祖様の恨みでも買っているのかもしれない。今、わたしがやるべきことはお見合いパーティにいくことでも合コンでもなく、墓参りなのかもしれない。

「そんなに髭がイヤなんか。永久脱毛って手もあるねんで」

わたしは山田の言葉に顔をあげ、しばし考えた。「なんかもう、髭とかそういう次元の問題じゃない気がする」

「は？」

「髭は結構、見慣れた。でもなんかイヤなの。なんかムリ。髭があってもなくても、そうなの。イヤなの。キスもセックスもしたくないの」

「何言ってるか全然わからへん」

「だから理屈じゃないんだってばあああ」

また涙がこみ上げてきて、わたしはベエエエと泣いた。完全に酔っぱらっていた。頭の片隅で、東京のオシャレ街で酔って号泣する三十過ぎの痛いおばさんになるとわかっていたら二十歳ぐらいで自殺したかもな、とよくわからないことを考えたりした。

「なあ、電話鳴ってるで」

わたしは涙をぬぐいながらバッグからスマホを出した。次の瞬間びっくりしてスマホをすべり落としそうになった。

マスクマンからの電話着信。

「もしもーし。今、どこにいるのー?」

その第一声で、ああこいつは間違い電話をかけているのだなと思った。急に涙がひいた。わたしは鼻声で「誰にかけてんの」とつっけんどんに答えた。

「誰って、南さんだけど」

「……何の用ですか」

「何の用って、ヒマなとき教えてくださいってメールくれたじゃん。今、俺ヒマなの。腹減ったー。飯食わない?」

「メールしたの、何週間前だと思ってるの?」

「イヤなの？」

わたしは顔をあげた。山田に確かめたかった。確かめるって何を。わからない。

山田の姿は消えていた。

「マスクマン君、おうち、どこ？」

もうわたしを引き留める者はいない。肩と頬でスマホを挟んで話を続けながら、バッグから手鏡を出して顔を見た。

右の鼻の穴から鼻毛がでていた。

マスクマンは渋谷に住んでいた。事故物件なので家賃が格安らしい。タクシーで指定された場所までいくと、えんじ色のTシャツにスウェットパンツ姿の彼が道の端に立っていた。そこから歩いて連れて行かれたのは、「餃子《ぎょうざ》の王将」だった。

カウンター席に並んで座ると、開口一番、「金がない」と言われた。おごれという意味なのだろう。酔っぱらっているせいか何なのか、全く腹が立たなかった。むしろ、「餃子の王将」というセレクションに、彼のいじらしさを感じてほほえましかった。

マスクマンは毛じらみになった友達がどうの、クンニが好きすぎて彼女に振られた友達がどうのと下ネタばかりしゃべっていた。呆《あき》れつつも、わたしはなんだか胸がホワーンとした。なんか、イイ。うまく説明できないけど、この子、イイ。一緒にいてすごく気分がイイ。相変わらず肌はプリプリで、笑顔も可愛《かわい》くて、でもそんな外見的要素はどうでもよく、イイ。言葉でうまく説明できない（お前それでも作家かよというツッコミは不要です。どうせわたしはこの本を出したら占い師以下略）。食べ方は汚いし、会話も下品だし、一般的な常識と照らし合わせるとダメなところしか目につかない。でもイイ。一緒にいて心地イイ。なぜ、こんなにも彼のことをイイと思ってしまうのか。

……いや、理由なんてどうでもいいじゃないか。人間関係なんて全てフィーリング。感覚が全てだ。マスクマンは最後の餃子を口に放り込むと、咀嚼しながら「いこう」と言ってスタスタと先に店を出た。会計を済ませて彼の後を追う。外に出てすぐ、手を握られた。

彼のマンションは、歩いて三分のところにあった。

「てゆーかさー、うちの部屋、一昨年に殺人事件があったらしくてさ、一度に三人も人が死んでるんだってー。それで俺の友達で霊感あるヤツが、マンションの前にきただけで『絶対にいる』とか超ビビってたんだけど、幽霊とか平気？」

「全く平気。ていうか幽霊なんか存在しないから」

「だよねー。俺もそう思う」

エレベーターの中でそんな会話を交わしつつ、あー今わたし思考停止しているなと気づいた。そうか。誰かのことをいいなと思うとき、好きになりかけているとき、わたしはいつも思考停止状態に陥ってしまうのだ。考えるのが面倒だから？　あるいは考えると正体不明の不安に飲み込まれてしまうから？　いやきっと、自分の判断に自信が持てないだけだ。だから流れのままに身を任せてしまう。そして付き合ってもいないのに体の関係もった挙句、ヤリ逃げされる。こんなとき、過去一度でも、冷静になって思考を働かせることができていたなら、ヤリ逃げなどという最悪の結末じゃなく、もっと別の、いい結果を導きだせていたのだろうか。例えば、山田がわたしと真面目に付き合う気になってくれるとか。例えば、山田の前にヤリ逃げしたH男がわたしのことを本気で好きになってくれるとか。例えばその前のK男が以下略。

いや、好きになる相手をそもそも間違えているんだろうな。

じゃあ、正しい相手ってどんな相手？

「何考えてるの？」

マスクマンが部屋のドアを開けて、こちらを見ていた。甘えるような目。わたしはこの人ともっと近づきたいと、本能的に感じているのだと思った。頭がぼんや〜としてくるのがわかる。もう、どうでもいいかー。とりあえず今晩は一回ヤッちゃって、こまけーことは後で考えたらいいんじゃねー？　わたしの心の中に住む女子高生（北関東出身・家出中）がそうけしかける。

「あ、やべっ」

マスクマンは部屋に入ってすぐ声をあげた。

「どうしたの？」

「一昨日《おととい》、コンドームの箱が空になったんだった。コンビニいって買ってくるね」

声をかける間もなく、彼は再び外に出た。バタンと背後でドアが閉まる。

とりあえず、履いたままの靴を脱いだ。おそるおそる部屋に上がる。手探りで壁のスイッチを探し出し、押した。パラリン、とかすかな音を立てて、蛍光灯がともった。

き。

きったねえええええええ。

絵に描いたような汚部屋。カップ麺の空き容器、お笑いＤＶＤのケース、パチンコ雑誌、他。ありとあらゆるものが床を埋め尽くしている。それでも部屋の奥にソファがあり、その上に載っかっている洗濯物さえどければ座れそうだったので、なんとかそこへ行こうと一歩足を踏み出した。

その瞬間。

ズルッとありえないなめらかさで床が滑り、わたしはズッテーンとすっ転んだ。後頭部をアイロン台の角にしたたかにぶつけ痛さにもだえながら、まるで漫画の登場人物がバナナの皮で足を滑らせたような転び方だったな、もしかして本当にバナナの皮が落ちていたんじゃないかなどと考えた。なんとか上体を起こして床を見ると、そこにバナナの皮はなく、ただ、床の表面の一部が異様にヌメッと光っている。

そのそばに、半透明の縦長の物体が転がっていた。手にとってコンマ一秒で、その正体に気づいた。

ペペローション。

わたしはそれを握りしめ、しばしの間、固まった。脳内を覆《おお》っていた霧が少しずつ晴れていく。部屋の床にローションのボトルを転がしている男。ローションを転がしている男。ローションを転がしている男。ローションローションローション。わたしは本当にそんな男が好きなのか？　いくら肌がぷりぷりで笑顔がかわいくて一緒にいて居心地がいいからって、そんな男とまともに付き合えるか？　セックスして、後悔しないか？

「ムリムリムリー、ぜってえムリだしー！」

また心の中の女子高生が出てきて叫んだ。わたしはとっさにローションのボトルを放りだし、転がるように玄関に向かった。つま先をパンプスに突っ込みながらドアを開けると同時に、廊下の先でチーンと音が鳴った。

エレベーターから、マスクマンが出てきた。

わたしを見つけると、彼は上目遣いになってはにかんだ。あの、顔全体が溶けてしまうような、かわいい笑顔。ああ、と思う。そうか。わたしはまたしても〝かわい〟や〝素敵〟や〝楽しい〟を、好きと混同してしまったんだなあ。

「ごめんごめん、俺さ、アソコがデカめだからラージサイズじゃなきゃ入んないんだけど、コンビニは普通サイズしかなくてさあ……生でいい？」

そしてまた、ああ、と思う。今年のクソ男・オブ・ザ・イヤーはこいつで決まりかもしれない。

外に出ると雨が降っていた。バッグの中に折り畳み傘が入っているはずだったが、出すのが面倒だったので濡《ぬ》れるにまかせた。

雨にもかかわらず週末の渋谷は人だらけだった。酔っぱらった大人たち、いちゃつく未成年、騒ぐ外国人。この中で今晩何人の人がセックスするんだろう。そんなことを考えてしまうわたしは、本当に来年で三十三歳になるのだろうか。

さっきスマホを見たら、ベジータからメールがきていた。

「なんとなく、南さんの気持ちはわかりました。二度も無理やりお誘いしてしまってすみません」と記されていた。

また、ダメだったなあ。

また、一からやり直しなんだなあ。

はあ。

角を曲がって大通りに出ると、「風の中のす〜ばる〜」のメロディを奏《かな》でる口笛が聞こえてきた。

「音外れてるよ」

「ラージサイズってマジなんかな？　俺、嘘やと思うで。生でヤるための姑息《こそく》な嘘やわ。最悪やな、あのクソガキ」

「うるさいね。自分が短小だからって、ひがんでるんじゃないよ」

「あんな、巨根って都市伝説やで」

「あー、うるさいうるさい。あんたのせいで気晴らしの散歩が台無し」

そう言いつつ、わたしはさっきより少しだけ心が軽くなっていることに気づく。

「なあ。あの偽《にせ》巨根のこと好きなん?」

「わかんない。そもそも好きって何なの? 何だと思う? なんかわたし、もうよくわかんなくなってきた。……あ、ごめん。あんたみたいなクソ男が、誰かを本気で好きになったこと、あるわけないもんね。愚問だったわ。だからあんな死に方したんだもんね」

「俺かて、ちゃんと誰かを本気で好きになったこと、あるんやで」

わたしは何も答えなかった。さすがに濡れすぎてうっとうしくなったので、赤信号で立ち止まると傘を出した。

「なんかさー、婚活はじめてからずっとそうなんだけど、なんていうか、感情と条件がどうしても折り合わないんだよね。いいな、好きだなと思う相手は全然結婚に興味なかったり、あんたみたいなクソ野郎だったりしてさ。で、条件もよくて、中身が優良な人――この中身が優良ってのは、世間一般的な価値基準に沿っての優良ね――に限って、心は揺さぶられなくて。頭では魅力を理解してるの。でも心に響かないの」

「いやだから、感情をとるか理性をとるか、どちらかを捨ててどちらかを選ぶのが、妥協っていうことやないの?」

「……」

「まあでも、妥協なんかするぐらいなら結婚なんてせえへんければええのにって俺は思うけどな、正直」

「うーん」

「心を揺さぶられる人と結ばれたいっていう、南さんの願いは間違ってへんと思う」

わたしは山田の横顔を見る。雨に全く濡れていないパサパサの髪。

「けど、そんなこと以前に、自分の場合はまず、好きになる相手を間違えてるんやと思うわ。なんで毎回、クズ男ばっか好きになんの？　そこをまず修正していったら？　いくらなんでももっとマシなのおるやん」

「わたしね、ずっと思ってるんだけど」

大学生ぐらいの若い女の子二人連れが、怪訝《けげん》な顔をしてこちらを見ながらすれ違っていく。これから、きっとそれなりにいいところに勤めて、それなりの彼氏と付き合って、三十になる前にさっさと結婚するのだろう。独り言をぶつぶつ言いながら夜道を歩くことなど一度も経験することなく、充実した人生を送っていくのだろう。

「中身のまともな男なんて、本当はこの世にはいない気がするんだよね。程度の差こそあれ、一枚皮をむけば全員クズなのよ、男なんて。だらしなくて自己中心的で自分のことしか考えてないクズ。優しさも思いやりも知性も全部、セックスするためのまやかし。心のどこかでずっとそう思ってる。いや、心のど真ん中で思ってる。だから、どんなに優しくされても、心の奥底でなんか信用できないっていうかさ。後から『やっぱりクズだったな』って後悔したくない気持ちもあるっていうかさ。自分の考えが偏《かたよ》ってるってわかってる。間違ってるってしってる。でも、そう思っちゃうのよ。そんなんだから、どうしても相手の中身をちゃんと評価できないっていうか。可愛いとかかっこいいとかオシャレとか人気者とか、そういう表面的なことでしか好きになれないっていうか。ぶっちゃけ、どうせ全員クズならせめて顔のいいクズがいいかなとすら思ってる。あるいは金持ってるクズ。これって好きって気持ちとは違うよね。わたし、誰のことも好きになれないのかもしれない」

山田は何も言わなかった。見たことのない表情をしていた。困惑しているような、動揺しているような。

もしかすると、わたしも今、同じ顔をしているかもしれない。

自分でも自分が言ったことに、困惑して動揺していた。

第四話　誰が不良債権

マスクマンのマンションでの一件から一週間が過ぎた。あの日の帰り道に自分が山田に言ったことについて、あらためて考えてみた。

男は基本、クズ。

自分でも、自分の発言にちょっとびっくりした。あのときまで、そんなことを思っているときちんと自覚していなかった。しかし、紛れもないわたしの本音だった。いや、クズという表現はちょっと過激すぎたかもしれない。平たくいえば、わたしはこの世の全《すべ》ての男性に全く期待していないのだと思う。何を基準にして誰を選んだとしても、結婚して家族になって何年かすれば、いや早ければ数ヶ月もしないうちに、男性に対する愛情（愛情が最初からないなら、それに代わる何か別のもの）がなくなり、最終的に夫は自分にとっての不良債権となるのではないか。そんな考えを、床の間にかざられた日本人形みたいに、心のどこかにひっそり置き続けたまま捨てられないでいる。

なぜなのか。自分の育った家庭環境が影響しているのは、火を見るよりあきらかだった。

わたしの父はギャンブル依存症だった。わたしが中学生のとき、ついにブチ切れた母から三行半《みくだりはん》をつきつけられ、捨てられた。父のギャンブル癖は結婚前からだったらしいが、数多《あまた》の夫婦ゲンカを経ても治らなかった。母は離婚するとわたしに打ち明けたときこそ落ち込んだ様子だったものの、それは本当に一瞬のことだった。離婚の手続きが済んだ途端、戦場から帰還した兵士も真っ青なぐらいに解放感にあふれ生き生きとしはじめた。以来、再婚はせずに今にいたる。

わたしは離れて暮らしているのもあって、母と年に一度か二度旅行へいくのだが、そのことをすでに夫を亡《な》くしている同僚のA子さん（五十五歳）に、「信じられない。わたしは絶対に無理」と言われたことがあった。「旅先で熟年の夫婦を見ると、一人ぼっちの自分がみじめになる」のだそうだ。

さらにその話を母に伝えたところ、母もまた「信じられない」と驚いた顔で答えた。そしてこう言った。「旅先で奥さんを怒鳴りつけているクソジジイを見るたび、一人になってよかったとホッとする」

離婚と死別の差なのかもしれないが、とにかくそういう家庭環境のもと、そしてそういった価値観を持つ母に育てられて今のわたしがあるのだ。

「で？　何なん？　何もかも全部環境のせいにするん？　自分、それニートの考えやで」

山田はいつも通り、わたしのベッドの上にあぐらをかいている。

「そうじゃないよ。わたしのこの、全ての男がクズに思えてしまうっていう事象は、案外、根が深そうだと分析したの」

「分析して、で、何やねん。そんなことよりはやく婚活せえや。もう俺がきて半年やで。彼氏いない歴をいつまで更新し続けんねん。なーんでこんなに男ができんかね。おかしいで。男は悪くない、自分がおかしいねん。俺もいい加減、ブチ切れるで」

「いやだからね、わたしがおかしいとわたしも気づいたの。自分で何か判断しようとすること自体が間違いかもしれないと考えたわけよ。でも、お見合いパーティでも合コンでも、自分で相手を選んでいかなきゃいけないでしょ？」

「だからなんやねん」

「あのね、実は何ヶ月か前に、お見合いをしないかって親戚《しんせき》から声をかけられたの。その人がいうには、相手の性格とか趣味が、わたしに合いそうなんだって。そのときは、お見合いってなんか堅苦しいなと思って断っちゃったんだけど、もうさ、第三者の〝合いそうだ〟っていう勘のほうが、自分の判断よりずっと信頼できるんじゃないかと考えなおしたの。写真もあるの」

ノートパソコンの上の茶封筒から二枚のスナップ写真を取り出し、山田に見せた。一枚は、カフェのようなところで男性が顎《あご》に手をあてポーズを決めているバストアップショット。もう一枚は、ヒモにつながれた山羊《やぎ》と並んだ全身写真。

「なんや、イケメンやん。ていうか、自分の好みど真ん中やん。なんで何ヶ月も放置しとったの？　アホなん？　それとも超アホなん？」

はじめてこのスナップ写真を見たとき、なぜ山羊とのツーショットなのかということがツボにハマって、しばらく笑いが収まらなかったことを思い出す。山田の言う通り、わたしの好みど真ん中なのかはともかく、なかなかいい男だった。山羊が子山羊でなければ、身長は百八十センチ弱。細身な体型といい、少し長めの黒髪といい、やや女性的な顔立ちといい、ロキノン系のバンドマンを思わせる。今気づいたが、バストアップショットで着ているのは、ピンクフロイドの豚Tシャツだった。

「でもこの人さ、実家が結構大きな和菓子屋さんで、跡取り息子なのよ。彼と結婚したら、和菓子屋のおかみさんにならなきゃいけないんだよね」

「自分デブやし、和菓子屋に嫁げるなんて願ったりかなったりやん」

「いやね。一番のネックは、その和菓子屋が仙台にあるってことなの。でも、もう東京にこだわることもないよね。どうせ小説の仕事も減ってきてるし、潔《いさぎよ》く、和菓子屋のおかみさんになっちゃおうかな」

わたしが「仙台」という単語を口にした瞬間、山田の右の眉《まゆ》がぴくっと動いた。気がした。気のせいだろうか。ただ牛タンが好物なだけだろうか。

翌日、さっそくお見合い話を持ってきた伯母に連絡をとった。夏の間は和菓子店の仕事が忙しいと言うので、九月に入ってすぐ、まとまった休みをとって仙台へ向った。一日目は久しぶりに会う従兄弟《いとこ》のT朗（三十四歳の無職独身ニートで肥満の四重苦。わたしよりレベルの低い親戚は彼だけなので、一緒にいるとすごく安心する）に観光につれていってもらった。そして翌日の午前十一時、駅前のとあるホテルのラウンジで、伯母と一緒にお見合い相手の仮名・山羊男と会った。

彼は一人きりだった。ジャニス・ジョップリンの写真がプリントされたTシャツの上に、白い麻のジャケットを羽織っていた。

「もう、山羊ちゃん。今日はちゃんとした格好してきてってお願いしたじゃない」

伯母は席につくなり、いきなり早口でそう言った。「まあ、この子もろくな格好してないけどさ。こんな若い子の着るワンピースじゃなくて、お着物着なさいって言ったのに。だいたいね……」

ブブッと山羊男が吹きだした。「M子さん、相変わらずマシンガンですね」

そのまま鼻の下に手を置いてグフグフと笑いだす。わたしもつられて笑ってしまった。

そのとき、ふっと目があった。

悪くない、と感覚的に思った。

伯母がいなくなると、彼は静かで落ち着いた口調で淡々と自己紹介をはじめた。年齢は三十四歳。職業は実家の和菓子屋の経営補佐。趣味はレコード収集と酒と山羊の世話。実は店の仕事を手伝いはじめてまだ三年足らずで、それ以前は東京でバンドマンをやっていたそうだ。ロキノン系かどうかはわからないが、あながちわたしの印象は的外れではなかったらしい。

「メジャーデビューもしたんですよ。でも一年でバンドは解散して。三十になるまでに地元でも名前が通るぐらい有名になれなかったら、音楽やめて家を継ぐって親と約束してたんで、こっちに戻ってきたって感じ」

それから今に至るまで恋人ができなかったわけではないものの、結婚しようと思える相手はいなかったそうだ。

「南さんは、小説を書いてるんですよね。すごいなあ、アマチュアじゃなくてプロなんでしょ?」

「いや、でも全然売れてないんです。もう、地獄のように売れてません」

「でも、売れなくてもずっと続けることが大事だと思います」

「そうですかね。さっさとあきらめたほうがいいような気も……」

「俺も、ミュージシャンとして成功したわけじゃないから、気持ちはわかります。でも、絶対にやめないほうがいい。俺は継がなきゃいけない家業があったからやめざるをえなかったけど、そうでなければジジイになるまで音楽で食べていきたかったよ。やりたいことを続けるって大事ですよ。うまくいかなくても、続けることが大事。書くことが南さんの人生でとても重要なことなんですよね? 俺にとっての音楽と同じで」

山羊男はそこで、ふいに口をつぐんだ。しばし間をおいて、ブブッと吹きだした。

「俺、何を真面目《まじめ》に語ってんだろ、恥ずかしー」

十二時半を回ったところで昼ご飯を食べようと彼が提案し、わたしたちはホテルを出た。本当は伯母からホテル内の鉄板焼き屋で三千円のコースをごちそうするように言われていたらしいが、山羊男は自分のいきつけだという個人経営の定食屋につれていってくれた。

「なんとなく、南さんはこういうところが好きそうな気がしたから」彼は言った。「あそこの鉄板焼き屋は、高いだけで素材が悪いの。こっちのほうがずっと美味《うま》いんだ」

定食屋を出たあとは小さなカフェに入り、彼のこれまでの人生の話をたくさん聞いた。バンドをやりたいと思ったのは中三のとき、きっかけは先輩につれられていった奥田民生《おくだたみお》のライブ。それまでの夢はプロ野球選手か虫博士。本当は甘いものが苦手で、一番の好物はマグロキューブ。バンドマン時代に、一度だけ有名なファッションモデルと交際したことがある。他にも言いよってくる女は少なくなかったが、当時は女と一緒にいても楽しいと思えず、付き合っても数回会っただけで別れるということを繰り返していた。

「別に遊びだったわけじゃないんだよ。でも、なんていうか、ノリがいいだけで話に中身のない女ばっかりでさ」

「見た目でしか女性を選んでなかったからでは？」

「そうだろうね」山羊男はハハハッと明るく笑った。「いや、まったくもってその通り。でも若いときって、可愛《かわい》いと好きがごっちゃになって、区別がつかないんだよねー」
その後は、現在のメキシコマフィア事情と、ディズニーランドがなぜあれほど人気なのかまったくわからないという話と、おいしいカツ丼《どん》の作り方と、銀だこに代表されるたこ焼きを油で揚げる製法の是非について激論をかわした。わたしたちはたくさん笑い、最後は二人して泣き笑い状態だった。

結局、日が暮れる直前まで店にいた。飲食代は全て彼が支払ってくれた。

店を出るとき、彼の細い背中を見ながら、この人とはこれきりだろうなとなんとなく思った。二人で過ごした時間はとても楽しかったけれど、それは彼が人を楽しませる技術に長《た》けているだけだ。二人のフィーリングが合っていたというのとは違う気がした。

……いや、本音をいうと結構合っていたような気もするんだけれど、自信がない。だって、彼は東京でモデルと付き合っていたような人だし、まさか、わたしみたいな三十過ぎのデコ皺《しわ》三本女を恋愛の対象としてみてくれるなんて思えないし。ナイナイ、ナイよナイ。勘違いしそうになったわたし、懲役百年。勘違いするのはやめよう。あとで傷つくだけだ。

「本当はM子さんの家まで送りたいんだけど、もうすぐにでも店に戻らなくちゃいけなくて、マジで時間がないので、ここで解散でいいですか?」

店の前で彼が言った。ほーらね。少しでも付き合う気があるなら、土地勘のない人間をこんなところにほったらかしにはしないもの。

「また、連絡します。じゃ。」

また、連絡します。これまで何回、男がそう言うのを耳にしてきただろう。でも連絡はない。山羊男は走って目の前の道路を渡ると、振り返ってこちらに手を振った。わたしはただ、ボケッと棒立ちしていた。あんなふうに、別れたあとこちらを振り返ってくれた男は、はじめてのような気がした。

なんとなくそのまま帰る気にならず、駅前のデパートをうろついた。三越にティファニーがあったので入ってみた。ガラスのケースに並んだブライダルリングを眺めながら、こういったものを冷やかしでなくガチで買いに来る日が、いつか自分に訪れるのだろうかと考える。

……全く想像できない。むしろ金に困って試着泥棒を企てるほうが可能性としてありそうだ。現役引退直前の清原みたいなどてどて走りしかできないわたしなど、店を飛び出す前にとっ捕まるに違いないが。

「いらっしゃいませ」

店員に声をかけられたときが冷やかしの潮時だ。わたしはちらっと相手の顔を見、背を向けようとして、足を止め、二度見した。雑誌から飛び出してきたような美人。暗い茶色のロングヘアを、頭の低い位置でシニヨンにしている。どこかで、会ったことがある気がした。しかし全く思い出せない。

「何かお探しですか？」

完璧《かんぺき》な笑顔だった。わたしは逃げるようにその場を去った。

翌日と翌々日はT朗とまた観光がてらあちこち食べ歩いた。二日間で計八回、牛タン定食を食べた。T朗は「もうあと五年は牛タン食べなくていい」などと言っていたが、わたしはいっそ自分の舌が厚切り牛タンになってしまえばいいとすら思った。

最終日の朝、T朗と一緒に駅へ向った。駅の売店でどの牛タン弁当にしようか迷っていると、背後でT朗が「おいおい、マジか」と呆《あき》れたように言った。

「うるさいな。あんたはいつでも食べられるからいいけど、わたしは……」

T朗がわたしの肩をちょんとつつく。「そうじゃねえよ」つぶやいて、売店の入り口を指さした。

山羊男がいた。

今日のTシャツは、ザ・リバティーンズだった。

「あの、南さん」彼は息を切らしていた。ここまで走ってきたようだった。

「はい」

「この間、会ってすごく楽しかった。あんなにたくさん僕を笑わせてくれた女の人は、南さんがはじめてです。あの、よかったら結婚を前提に付き合ってください」

結婚を。

前提に。

付き合ってください。

これは、夢だろうか。

わたしは自分の舌を軽くかんでみた。夢なら牛タンに変わっていると思ったのだ。すると、かすかに肉汁のようなものがしみ出てきた。ほーらやっぱり夢だ。ハイハイ、わかってますよ、そんなにうまくいくわけないもんね。勘違いしそうになったわたし、一ヶ月ペヤング抜きの刑。

しかし、ふと思い出す。ついさっき隣の売店で、お土産用の牛タンスモークを試食したばかりだということを（しかも大量）。

それから、ほぼ毎日山羊男とメールをやりとりするようになった。山羊男いわく、どんな話題を振ってもわたしが「えー、わかんなーい」「山羊男君っていろんなことしってるんだねすごーい」などといったバカ女にありがちな反応を見せることなく、自分なりの意見を口にし、さらに彼が駅で言っていたように、彼をたくさん笑わせたことに好印象を持ってくれたようだった。おそらく、山羊男はこれまでよっぽど変な女としか付き合ってこなかったんだろう。それらと比べて、ちょっとわたしがマシに見えただけなのだろう。

……ダメダメ。こういう卑屈な考えがダメなのだ。もっと相手に期待し、そして相手を信頼しなければならない。今までのわたしに足りなかったのはそれなのだ。相手を信じること。信じられないから、男は全員クズなどと口走ったり、あるいは些細《ささい》なことでやけっぱちになって自爆メールを送ったり、初回のお食事デートでセックス略しておショックスをやらかしてしまっていた。彼は今までの人とは違う。今のところ、メールの返信は相手のほうがはやい。婚活をはじめて以来、待たせるより待つ時間のほうが圧倒的に多かったわたしにとっては、それだけでも手を合わせて拝みたいほどありがたき幸せなのだ。昨日のメールで、近々また仙台に遊びにこないかと誘われた。

しかも、交通費を出すとまでいってくれている。J子に彼のことを話したら、「こんないい人をもし断るようなことがあったら、あんたの本ひとつ残らずアマゾンレビューにぼろくそ書いてやる」と世にも恐ろしい脅しをかけられた。

そんなことを考えているうちに、また彼からメールがきた。

「来週末、なんとか休みとれそうです（一年ぶりの三連休です！）。もし仙台にこられるなら、車であちこちご案内します。遊びにきませんか？」

「どやねん、これ」

顔をあげると、山田がこちらを見下ろしていた。「なんでそんな浮かへん顔してんの？　どうせこいつもクズやって思てんの？」

「いや違う。彼がクズだとしても見た目のいいクズだし。彼に対して文句は何一つないの」

なのに。

なんで。

こんなにも心が弾まないのだろう。

もしかして、展開がはやすぎて気持ちが追いついていないってヤツ？

いや、違う。だってわたしは、いつだって準備万端だったはずだもの。

釈然としない。が、自分が今、何をすべきなのか、頭ではちゃんと理解しているつもりだった。わたしはあえて数時間おいたあと、来週仙台にいく旨《むね》、山羊男に返信した。

そして翌週、木曜日の夕方に仙台入りした。次の日、ラモーンズのTシャツを着た山羊男が車で迎えにやってきて、市外の観光名所へ連れて行ってくれた。山羊男はのんびりした性格であまり気が利《き》くタイプではないようだったが、それでも精一杯わたしをもてなそうとしているのがわかってうれしかった。わたしたちははじめて会った日と同じように、たくさんしゃべってたくさん笑った。次の日は映画を見にいった。この日、山羊男はわたしの仕事のことをやたらと聞きたがった。一日何時間書いているのか、探偵事務所のバイトと原稿仕事の比率はどれぐらいか。つい見栄《みえ》を張り、一日八時間以上はパソコンの前に座り、バイトとの掛け持ちのせいで休日がほとんどないかのような話をしてしまった。山羊男は今のところわたしのことを、少々のことではあごを出さないがんばり屋だと思っている。一日八時間以上パソコンの前にいて、そのうち七時間半ネット動画を見ているとしったら、彼はどんな顔をするだろうか。日曜日は、T朗も一緒に彼らの中学時代の同級生夫婦の家にお邪魔した。その他に男性二人と女性一人が呼ばれていて、テーブルの上には手巻き寿司《ずし》のセットが用意されていた。

山羊男は仲間に囲まれて気分をよくしたのか、随分はやいピッチでビールを飲んでいた。思えば、彼が酒を飲むところを見るのははじめてだった。

「いや俺、マジでT朗とT朗の母ちゃんには感謝してるの、南さんに会わせてくれてさ」

山羊男が自分でこしらえたサラダ巻きをほおばりながら言うと、この家の主人のE太郎さんがからかうように口笛を吹いた。

「でも、ぶっちゃけどうなの？」T朗たちと小学校からの付き合いだというS子さんが、わたしを覗《のぞ》きこむようにして聞いた。「結婚したら和菓子屋、手伝うの？　作家やりながらだと大変でしょ」

売れなさ過ぎて小説の依頼なんて来年にはなくなりそうなんで大丈夫です、と答えようとして、自虐《じぎゃく》ネタはこの場にふさわしくないと思い口をつぐんだ。わたしは何も言わずただヘラヘラしていた。

「お前、その話は気が早すぎるよ。でもまあとにかく、今までの彼女とは全然違う感じだよな」とE太郎さん。「今までの子はさ、なーんか若くて可愛いけど、山羊男とは話が合わなそうな子ばかりだったから。その点、南さんは合ってるんじゃない？」

「正直、どうでもよかったんだよ」山羊男が答える。「彼女とか、どうでもよかった。こうやってツレと飲んだり、音楽聞いたりする時間のほうが大事だったから。でもさ、お前らもどんどん結婚したりして、俺もちょっとは焦《あせ》ってきたわけだよ。人生のパートナーは必要だよなとか考えたりしてさ。それだとやっぱり、今までの女たちは違うんだよな。見た目とかそんなことより、俺は人として尊敬できる人と家族になりたいと思ったわけ。自分がある人っていうか、周りに流されず、自分の考えがある人。自分の足でしっかり立って生きている人」

そこまで言って、グラスに残ったビールをぐいっと飲むと、わたしの顔を、約五秒、じっと見た。

「南さんと会って数分で、この人は理想通りの人だなあと思った。失礼を承知でいうけど、これまで付き合った人の中には南さんより美人で若い人もいたけど、そんなことはどうでもいいんだ。南さんはやりたいことを仕事にして、それに熱中してる。うまくいかないこともあるかもしれないけど、大人になってもずっと夢を追ってるわけじゃん。それってとてもすばらしいことだと思う。

さっきS子がうちの店のことを言ったけど、俺は手伝ってもらう必要なんて一切、感じてない。ほんと、俺のことを気に入ってもらおうとしてこういうこと言うわけじゃないよ。あのね、俺は、小説をずっと書き続けてほしい。うちの店のこととか、家庭を維持するために書くのをやめるとか、そういうことは絶対に考えないでほしい。子供ができたら、子供を育てながら書き続けてほしい。俺も南さんがずっと書き続けられるように、なるべく支えたいって思うし」

山羊男は右手で、今にも破壊してしまいそうなほど強くコップを握りしめている。その顔はチョークスリーパーをかけられた人みたいに真っ赤だった。みんな、ぽかんとした表情で黙りこんでいた。沈黙を破ったのは、T朗だった。

「お前、それって事実上のプロポーズじゃん」

その言葉を皮切りに、ほかの人たちが「ヒュー」だの「おめでとー」などと一斉にはやし立てた。騒ぎの中、わたしはそっとその場を抜けてトイレに向かった。用を済ませて洗面所の鏡の前に立った瞬間、「ひゃっ」と変な声が出た。

顔が真っ白で血の気が失《う》せていた。徹夜明けに親知らずを抜きにいったときに匹敵するほどの顔色の悪さだった。ゆでダコ状態の山羊男とはまさに対照的。

婚活というレースのゴールテープはもう目の前だった。それなのに、今のわたしはちっとも幸せじゃない。

「マリッジブルーってやつちゃう？」

新幹線の窓際《まどぎわ》の席でうたた寝していると、いつの間にか隣にいた山田が話しかけてきた。

わたしは答えずに、窓の外を見た。雨が降っていた。見送りはしなくていいと山羊男に伝えてあったのに、仕事を抜けだし、びしょぬれになって駅まできてくれた。わたしは昨晩のことを思い出し、恥ずかしくて顔がまともに見られなかった。彼はまったく気に留めていない様子で、駅で一番高価な牛タン弁当を買ってくれた。

「さて」山田は腕組みをし、横目でこちらを見る。「昨夜のことについて説明してもらおうか」

「話したくない」

恥ずかしかったのはプロポーズのせいではないのだ。E太郎さん宅を出て、二人きりになった帰り道のこと。わたしは何を思ったか「今日は帰りたくないです」と彼をラブホテルに誘った。山羊男にやんわり拒否されてもしつこく食い下がり、最終的には無理やりタクシーに一人で押し込まれた。

「俺にはわかるで、南ちゃん。明らかに自分から嫌われようとしてたやろ。ここでヤっちまったら終わりって、わかってたやろ」

「ちょっと……久々に酒を飲んだから」

「スプライトしか飲んでへんかったやん。ていうか、なんでそんなことすんの？　山羊男のこと嫌いなん？」

「……なんか自分でも、もうよくわかんなくなってきた。わたしって幸せになりたいのかなりたくないのか、どっちなんだろ」

「同じこと言ってた女、一人知ってるわ」

山田はまっすぐ前を向いて言った。その横顔を見ながら、ふいに脳裏にあることがひらめいた。

「そうだあのさ、仙台のデパートのティファニーにいったとき、そこの店員の一人に見覚えがあるなあと思ったんだけど、もしかしてあんたの知り合いじゃない？」

「あの綺麗《きれい》な子やろ。せやで」

「やっぱり？　あんたがヤリ逃げした女？」

「俺がヤリ逃げした女、自分以外に知ってんの？」

「知らん。じゃあ、誰だろ。……あ、思い出した。何とか君の彼女じゃない？　あのすごいイケメンの」

「J君な。J君の彼女のK代ちゃんな」

J君は山田の大学時代の友人で、最初に山田とデートしたとき、豚しゃぶ屋の前の道でばったり出くわしたのだった。J君は周囲の女たちが振り返るほどのイケメンで、そのイケメンがつれている彼女も、周囲の男たちが振り返るほど美人だった。

「そういえばあのとき、『今は東北に住んでる』みたいなこと、彼言ってたねー。そんなに仲がいいわけでもなさそうだったけど、あんたが死んだこと、二人は知ってるの?」

「うん、まあ多分」

ここ数ヶ月、彼と一緒に過ごし、微妙な表情の変化を読み取れるようになってきた。あきらかに、いつもと違う顔をしていた。

というか、豚しゃぶ屋の前で二人と会ったときも、山田の様子を見てチラッと思ったのだ。彼らと、何かトラブルでもあったのかな、と。

「あんたが前に言ってた、本気で好きになった相手ってそのK代さんのことじゃないの」

山田はゆっくりこちらに視線を向けると、アホみたいな顔をして煙草《たばこ》を吸う仕草をした。そして、ぼそぼそと語りだした。

もともとJ君とK代さんと山田は大学のイベントサークルの仲間だった。サークルにはすぐにいかなくなったが、三人の交流はその後も続いた。

大学生の頃、K代さんは十歳年上の既婚者と付き合っていた。J君と山田は不倫をやめるよう説得しつつ、互いを牽制《けんせい》し合いながら彼女を手中におさめる機会を虎視《こし》眈々《たんたん》と狙《ねら》っていた。大学卒業間近、相手の奥さんに不倫がばれて別れることになった。その三日後には、J君とK代さんは一緒に暮らしていたという。山田は出し抜かれたのだ。

しかしJ君は超絶イケメンだけあり、山田など比でないほどのヤリチン糞野郎《くそやろう》だった。J君の浮気が発覚するたび、K代さんは山田に泣きついていた。

「そのたびに、あんな奴《やつ》やめて俺と付き合おうって言ったけど、いつも笑ってながされた。何回同じ目にあわされても、結局J君のところに戻ってまうねん。だけど、あのときは違った。もう別れるって、はっきり言うとった。そんで『別れたら、わたしと付き合ってくれる？』って言うから、だから……」

だから山田は、その場でK代さんを押し倒した。しかしその後、K代さんからの連絡を一切無視し、それどころか共通の友人らに、「K代ちゃんをヤリ逃げしてやった。あの女はすぐヤらせるビッチや」などと言いふらした。

「お前……ガチのクズだな。クズ山クズの助だな」

「K代ちゃんはしばらくするといつも通りJ君とよりを戻して、そのあとすぐに結婚して仙台に引っ越してん。式は東京でやったみたいやけど、仲間内で俺だけが招待されへんかった」

「当たり前だよ、クズの助」

山田は真顔でこちらを見て、それからへへッと笑った。「そうやんな、当たり前やんな」

わたしははっと息をのんだ。この人もこんな顔をすることがあるんだと思った。

「J君に泣かされるたび、K代ちゃん、言うとったわ。『わたし、幸せになりたいのかなー、なりたくないのかなー』って。でも、俺とヤッた後、『クズ男君ならわたしのこと幸せにしてくれそう』とか言われて、どうしたらいいかわからんくなった。そんなん、急にいわれてもプレッシャーやん。なんか背負いきれんと思って、わざと嫌われるようなことやってもうた」

後悔してるの、と聞こうとして口をつぐんだ。愚問だった。

「まああんたの気持ちはわかるような気がしないでもないでもないでもないでもないでもない」

「どっちゃねん」

「もしも、あんたとK代ちゃんが真剣に付き合ってたら、どうなっていたと思う?」

「そういうことは、もう考えられへん。俺は……」

彼は、その先の言葉は言わなかった。わたしはまた愚問を投げつけてしまったのだ。

山田は「煙草吸うてくるわ」と言って席を立ち、それきり戻ってこなかった。


山羊男からは相変わらずマメにメールがきた。九月下旬、費用を出すのでそろそろまた遊びにこないかと誘われた。原稿仕事は短いエロ小説一本だけでバイトもほとんど入れていなかったのに、締め切りに追われて忙しいとわたしは嘘《うそ》をついた。十月に入って少しするとまた誘われた。九月の原稿が終わらないので無理そうですとまた嘘をついた。それでも毎日のメール返信は欠かさないようにしていたが、あるとき、唐突にこう聞かれた。

「もしかして、俺のこと避けようとしてる?」

マズいと思った。このままではJ子にアマゾンレビューでぼろくそに書かれてしまう。そんなことはどうでもいい。どうせ売れてる本なんてないんだから。わたしはこの期《ご》に及んで何をしているのかと、急に目が覚めたような感覚がした。ずっとこうなることを望んでいたはずなのに。見た目もよくて優しくてわたしのことを好きになってくれる人と、トントン拍子に交際がはじまること。ここで決められないなら、わたしはきっと死ぬまでずっと一人ぼっちなのだ。

なぜ気が進まないのかは、いまだによくわからない。が、そんなことはどうでもいいじゃないか。山田の言う通り、マリッジブルーみたいなものかもしれない。

このところ忙しくて気が回らなかったと言い訳して、なんとか山羊男に許してもらった。そして、十月下旬にまた仙台へいくことが決まった。

次に会うときが、わたしと山羊男の正念場だと思った。そして仙台から東京に戻ってくるときのわたしは、きっと今とは違う自分になっているような気がしないでもないでもないでもないでもない。

今回は二人きりではなく、前回一緒に手巻き寿司を食べたメンバーで一泊のキャンプにいくことになった。山羊男と顔を合わせることに少々の気まずさを感じていたわたしとしては、ありがたいプランだった。

土曜の朝に集合し、車二台に分乗して彼らがよくいくというオートキャンプ場へ向った。仙台はちょうど紅葉がはじまったところで道は混んでいたが、それでも昼前には目的地についた。

彼らは完璧な手際であっという間にテントなどの設営を終えると、今度は協力し合いながら焼きうどんを作りみんなで食べた。わたしは荷物運びぐらいしかしなかった。午後はT朗を除く男性陣は川釣りにいき、わたしを除く女性陣は日帰り温泉施設にでかけた。わたしとT朗は、浜に打ち上げられたクジラの死体のごとく芝生に寝転がってボーッとしていた。

「お前さあ……俺らが紹介しておいてなんだけど、マジで山羊男と結婚する気あるの？」T朗はそう聞きながら、のっそりと寝返りをうった。「あいつと結婚したら冬以外は月一でキャンプだぞ。いいのか？」

「あんたもきて一緒に作業さぼってよ」

「仙台にくる気はあるの？」

「まあ……いずれは。うーん」

「マジで断るなら今のうちだぜ？　はやいうちにはっきり意思表示してやれよ」

「なんで断ること前提なの？」

「あいつ、お前のために家を買う気だぞ」

わたしは思わずガバッと起き上がった。「マジ？」

「マジだよ。この間、一晩中聞かされたよ。お前との結婚生活プランを。お前が家で小説書けるように、仕事部屋を用意したいなんて言ってたぞ。それから家事分担をちゃんとしたいからって、あいつ今、料理教室通ってるしな。本当に店を手伝わせる気はないらしい。向こうの親父《おやじ》さんとおふくろさんも了承してるって。うちのおふくろが言ってたよ。お前は宝くじに当たったようなものだって」

何も言葉が浮かばなかった。わたしは黙ってT朗のブタ顔を見た。このわたしのために、家を買う男がいるということ。その事実をどう受け止めたらいいのかわからない。

その後、わたしはずっとフワフワした気分で過ごした。自分でも説明のつかない感覚だった。喜んでいるのか不安なのか。いや喜んではいない。うれしくない。そのうれしくない自分のことがよくわからない。やがて山羊男たちが帰ってきて、夕飯の支度がはじまった。わたしは何度も女性たちに「どうしたの?」「調子が悪いの?」と聞かれ、そのたびにへらへら笑ってごまかした。一人きりになりたい一心で米研ぎ係に立候補し、全員分の米とボウルを持って、逃げるようにキャンプ場の端にある炊事場へ向かった。

時間が少しはやいせいか、まわりに人はいなかった。コンクリの床に荷物を下ろし、流しの縁に手をついて息を吐き出す。何もしていないのに、どっと疲れている。家に帰りたい。家に帰って冷凍たこ焼きでも食べながらネットに違法アップロードされたテレビ番組の動画を見たりしたい。

「こんちわ〜、どこからきたんですかあ」

顔をあげると、黒いタンクトップ姿の若い男と目があった。わたしがボケッとしたまま何も言わずにいると、男は「え！　シカト！」と言ってコロコロと笑い声をあげた。

男のまっすぐな眉毛が八の字になった。釣り気味のぱっちりした目と下がり眉の組み合わせに、ぶっちゃけちょっときゅんときてしまった。しかしいくらきゅんときても普段のわたしなら、こんな得体のしれない男など相手にはしない。が、今は判断力が絶賛低下中であり、つい頬笑み返してしまった。

相手は受け入れられたと認識したらしく、クラブでナンパでもするかのように、腕と腕がふれそうな距離までぐいっと近づいてきた。

そして「どこからきたの？」「何歳？」「え、見えない、肌綺麗《きれい》だねー」「え？　別に寒くないよ」「俺、冬でも腕とか脚出すの好きなの。スースーしていいじゃん」「仕事は何してるの？」と、ナンパ以外の何物でもないことをはじめた。なんだかシュールすぎる展開にわたしは妙にテンションがあがり、新宿伊勢丹《いせたん》の化粧品売り場で働いていると意味のない嘘をついたりした。

黒タンク男は二十一歳で、地元の人間かと思ったら東京の大学に通っているという。今日は仙台出身の友人と遊びにきたそうだ。

「四年生っていったら、もう卒業じゃん。就職は決まってるの？」

「うん。決まった」

「どこ？」

黒タンク男は躊躇《ちゅうちょ》なく答えた。外国でも通じる大手電機メーカーだった。

「もしかして理系？」

「そう。エンジニアってやつ」

「あらすごい。意外とかしこいんだね」

エへへと黒タンク男は笑った。そのあどけない笑顔を見ながら、なんか、いいなあとわたしはぼやぼやと思った。このお気楽な感じ。めんどくさいことは一切ぬきで、羽虫レベルにどうでもいいことをダラダラと見知らぬ男と話すこの感じ。こういうのがいいよなあ。結婚とか家を買うとか、なんか、ダルいなあ。

「じゃあ東京帰ったらさ、合コンしようよ」黒タンク男が言った。

「えー、大学生と合コンはさすがにちょっと……」

「じゃあ二人でご飯いこう。連絡先教えてよ」

「ちょっと、冗談でしょ？」

そう答えつつ、コイツはマジでわたしのことをイイと思っているのだろうかと考える。このまま本当にデートが実現して、案外とんとん拍子に交際に発展したりして。しかも実はこの若さで結婚願望が強かったりして、就職と同時にプロポーズなんてことになったら、二十代前半の大手企業サラリーマン夫をゲットでわたしは一気に勝ち組じゃないか。

なーんて考えても、絶対にそんなにうまくいかないのだ。一度のメールのやりとりだけで音信不通が関の山。万が一デートが実現したって、ヤリ逃げされてハイ終了。でもその感じが、なんかいい。このいい加減で責任感のかけらもないゴミクズ同然の人間関係。

結局、連絡先は交換した。黒タンク男は「じゃあねっ」と去っていった。その細くて頼りなさそうな背中を見ながら、わたしはまた考える。彼と本当に付き合うことになるという可能性はゼロじゃない。決して。もし実現したらJ子はきっと悔しがるだろう。わたしが逆の立場だったら、うに丼三人前一気食いでもしない限り気持ちがおさまらない。

「おいお前、米はどうしたんだよ」

振り返るとT朗がいた。どこで入手したのかソフトクリームを食べている。

「あ、これから洗う」答えつつ、床を見た。ない。米がない。あるのはボウルだけだった。

それから三十分ほど二人で探したが見つからなかった。ほかの場所に米を移した記憶はなかった。つまり盗まれたのだ。

黒タンク男が仲間たちと仕掛けた罠《わな》ではないかと思わずにはいられなかったが、T朗に正直にうちあける勇気はなかった。わたしは体調が急に悪くなり、米を置いてトイレにいっていたのだと嘘をついた。

テントに戻ってから、みんなに謝り倒した。誰もわたしを責めず、それどころか「調子はどう？」などといたわりの声をかけてくれ、夕食ができるまでテントの中で休んでいるようにすすめられた。どうせ手伝えることはなさそうだったので、言われた通りにした。シュラフの上に寝転がりながら、我ながらクズ女だなと思った。山羊男と結婚したら、この善良で健康的な人々とずっと付き合い続けることになるのだろうか。そう思った途端、体が漬物石みたいに重たくなる感覚がした。

それにしても、米を盗んだのはやはり黒タンク男とその仲間たちの仕業なのか。そうであれば、教えられたアドレスはダミーのはずだ。送信してみてエラーメッセージがかえってきたら、奴は米泥棒の一味だと断定していいだろう。メールを送ってみるべきかどうか、もんもんと迷っているうちにうたた寝をしてしまい、目をさますととっくに夕食の支度が整っていた。

結局、米などなくても肉や野菜がたくさんあったので充分だった。アクアパッツァだの水餃子《すいぎょうざ》だのコールスローサラダだの、屋外でつくったとは思えない料理を目の前にした途端、わたしは体調がすぐれないという自分の設定をすっかり忘れ、人の分まで食べまくった。あげく食べ過ぎて一歩も動きたくなくなり、ちょっと休憩するつもりでテントの中で横になったらいつの間にか寝いってしまい、ハッとして起きるとすでに後片付けは終わっていて、みんなは外で談笑しながらワインを飲んでいた。

「南さん」と誰かが言うのが聞こえた。わたしのことが話題にのぼっているようだ。

「なんか、最初はとっつきにくそうだと思ったけど、いい人だよね。山羊男が言うように、話も面白いし」

「ね。仲良くなれそう」

女性達がおもに話している。山羊男の声は聞こえてこない。

「でもさ、わたしたち、あんまり彼女のことにかまわず、いつも通りのペースでご飯とか作っちゃったけど、平気だったかな？　もっと一緒にやったりしたほうがよかったかも」

「大丈夫だよ」と言ったのはT朗だった。「あいつは何も考えてない。さぼれてラッキーぐらいに思ってる」

クッソ。

「お米のこと、気に病んでないかな。もうこのキャンプに参加したくないってことにならなきゃいいけど」

「ていうか、彼女ずっと寝てるね。もしかして妊娠してるんじゃない？」

「いや、それはない」山羊男の声だ。

「わたしたち夫婦は当分作る気ないし、案外、山羊男のところが一番先に子供うまれちゃうかもね」

「そうかもなあ」

その山羊男の口調には、希望とよろこびがはっきりとにじみ出ていた。

「子連れでキャンプなんかしたら、最高だろうな。やっぱ子供は男女二人がいいよな。息子は俺と一緒に釣りして、娘は奥さんとカレー作ったり……」

うわああああああああと叫びそうになり、とっさに口を両手で押さえた。想像したくないのに勝手に脳裏に映像がうかぶ。朝五時前に起きて支度をし、子供たちと夫を起し、夫婦で交代で車を運転してはるばるキャンプ場にやってきてからも、子供を世話したり野菜や米を洗ったり肉を焼いたりして、後片付けは一人でやらされてその間虫に刺されたりやけどしたりなんかキャンプ道具で指切ったりして、寝心地のクッソ悪いシュラフに横たわる頃、「ああ全然楽しくない。一人暮らしの部屋でピザポテト食べながら漫画でも読んでいたい」ともう叶《かな》わない夢を見る自分。

うわああああああ。絶対いやだ。楽しそうだと一ナノグラムも思えない。

そのとき、視界の端でスマホのメール着信ランプが光るのをとらえた。わたしは「筋肉番付」でビーチフラッグスをやる室伏《むろふし》ばりの反応とすばやさでスマホにとびついた。

黒タンク男からのメールだった。「今何してる?」の一言のみ。「自分のテントにいるよ」と即レスすると、すぐにまたメールがかえってきた。

「さっきの炊事場これる?」

わたしは一瞬の迷いもなく「いく」と返信し、自分のショルダーバッグをひきよせ、鏡とポーチを取り出しすばやく化粧を直した。それからそうっとテントから顔を出す。

みんな、こちらに背を向けていた。外に出ると猛ダッシュした。炊事場は照明がいくつか点灯していた。昼間と同じ流しの前に、昼間と同じ黒いタンクトップの上に黒いパーカーを羽織った黒タンク男が立っていた。

わたしたちは昼間と同じように、腕と腕が触れそうな距離に並んで、前の彼女がどうだの、高校時代のサッカー部の試合がどうだのとめのないことを話した。なんか、いいなあとまた思った。さっきまでの窮屈な気分がほどけていくのを感じた。

三十分ほどたった頃だろうか。ふいに、彼の口数が少なくなった。

何か企んでいる。顔を見て直感した。

「ねえ、ちょっとさ、面白いものがあるんだけど」

そう言って、黒タンク男はジーパンの尻《しり》ポケットをごそごそいじった。握りしめた拳《こぶし》を前に出し、パッと開く。白い錠剤が二つ、手のひらにのっている。

「楽しい気分になるよ、ちょっと一つやってみない？」

その瞬間、頭の中でチーンと音が鳴った。はい、終了。しゅーーーーりょーーーー。わたしは足元に置いていたバッグを肩にかけた。

「もう遅いから戻るね」

しかし、ガシッと手首を掴《つか》まれた。

「ちょっと待ってよ」

　こちらを覗きこむ彼の目がマジだった。ヤバイ。これはヤバイ展開だ。

「ねえ、もっとさ、静かで暗いところにいかない？」

　黒タンク男はもう片方の手で、手首とは反対側の肩を摑んできた。これは……おそらく今年度第二位のピンチ到来だ（第一位は先月、仕事帰りの電車の中で突然腹を下し、あと少しで人間としての尊厳を失いかけたこと）。

「あれ？　俺のことを怖がってる？」

　黒タンク男はひきつった顔でへへっと笑った。しかし次の瞬間、彼の表情が一変した。何かを警戒するように周囲を見まわしている。

「今、何か聞こえなかった？」彼が言った。

「え？　何かって何が？」

「なんか、男の笑い声みたいな……」

　そのときだった。わたしにもイヒヒヒヒッと笑う男の声がはっきり聞き取れた。間違えようがない。山田だった。

「そういえばこのキャンプ場で、つい最近、男の自殺体が見つかったってしってる？」わたしは言った。「確か、この炊事場のあたりの木に首をくくって死んだらしいよ。その人は大阪出身で——」

「いやや！　俺はホンマは死にたくなかったんや！　いややああ助けてくれええ」男の声があたりにとどろいた。

わたしは思わずぶべっと吹き出した。黒タンク男はぎょっとした顔で一歩しりぞいた。その隙《すき》を逃さず、わたしは彼を振り切って背を向けると、テントのほうへ向かって猛ダッシュした。

とにかく夢中で闇《やみ》の中を走った。あわてていたせいか、途中で道を誤ったことに気づいた。と同時に、足下の何かにけつまずいてすっころんだ。さらに地面に埋まった石のようなものに右膝《みぎひざ》を強打し、あまりの痛みに声も出せずにうずくまった。

涙があふれてくる。わたしは一体何をやっているのだろう。若い男にホイホイつられたあげくに米を盗まれ、仲間たちに多大な迷惑をかけたのに、それに懲《こ》りずに同じ男に呼び出されてまたホイホイ姿を現し、この有様。男はみんなゴミみたいなクズなどと言っているわたしが一番クズじゃないか。三十二歳にもなってあんなガキにひっかかるなんて、これまでの人生何をやってきたんだろう。面倒きわまりない責任から逃げ回って、楽なほうへ流されたあげくに取り返しのつかない大失敗をしでかす。自分の父親と全く同じじゃないか。

しばらくすると膝の痛みはおさまった。大きな怪我《けが》はしていないようだ。とぼとぼと歩き出してすぐ、見覚えのある道にでてくることができた。

やっとのことでテントに戻ると、みんながあわてて駆け寄ってきた。気づかないうちに下半身が土だらけになっていた。情けなくて申し訳なくて、また涙があふれそうになった。T朗に、肩にかけたバッグの口が開いていることを指摘され、中を確かめると財布がなくなっていた。

すぐにみんながわたしのきた道へ散っていき、財布を探しはじめた。彼らはわたしがずっこけた拍子にバッグから財布が落ちたと思っているようだが、わたしはわかっていた。黒タンク男に盗《と》られたのだ。二人で話しているとき、暗がりに猫の親子がいると黒タンク男に言われ、バッグをおいたままわたしは数秒その場を離れた。猫はどこにも、一匹もいなかった。

懐中電灯を手にあちこちを歩き回る彼らを、わたしはその場にボーッとつっ立ってながめているだけだった。

自分も一緒に財布を探すべきだとわかっている。いや、本当のことを打ち明けて謝罪するのが正しい大人のあり方だろう。でも、わたしは何もしなかった。正直、全てがめんどくさかった。

そして思う。

わたしは、山羊男の期待にこたえられない。

彼の見ているわたしは、幻のわたしなのだ。わたしは充実した日々をおくる夢追い人ではない。一日十三時間寝て、残りの時間をネット動画を見るかくだらない妄想をしているか人に嫉妬《しっと》しているかのどうしようもない怠け者で、人としての器はシルバニアファミリーレベルに小さい。そういう人間だ。

家なんか買ってもらう価値はない。仕事部屋なんか与えられたって、来年まで仕事があるかどうかもわからないのに。婚活をしていると、相手の条件ばかりに目がいきがちだ。自分に何を与えてくれるか。それで相手の価値が決まる。髭の濃さがどうだの、鼻クソがどうだのと相手の上辺のさらに上澄みだけを見て切り捨ててきたわたしは、今の今まで、自分が相手に何を与えられるかについて、まともに考えたことがなかった。

わたしは山羊男に何を与えられるのか。何にもないような気がする。それどころか、いつかきっとそう遠くないうちに、彼を失望させることになる。わたしにはろくでなしの父親の血が流れている。一家の不良債権になるのは、間違いなくわたしのほうだ。

財布を探しに暗い遊歩道に入っていこうとする山羊男を追いかけ、シャツの裾《すそ》を引っ張った。そして彼が振り向く前に、「結婚はできません」とわたしは早口で言った。

「自分、正真正銘のアホやな。アホ山アホ子やな」

わたしは山田を無視し、デパートの食品売り場をぐるぐると歩き続ける。最後なのでせっかくだからデパ地下で弁当を買おうと思っていたのに、山田がうるさくて弁当選びに全然集中できない。

「少しも後悔してへんの？ なあ、今からでも土下座して謝ってきたら？ このままだとJ子ちゃんに、アマゾンレビューにボロクソ書かれるで」

「うるさいよ！」

周囲の客が一斉にこちらを振り返った。山田までなぜかびっくりした顔をしている。このヤリチン糞バカ短小野郎め。わたしは結局何も買わないまま、山田から逃げるようにエスカレーターに乗った。しかし当然、逃げられるわけもない。

後悔していない。

わけではない。

今になって自分の決断が正しかったのかどうか、よくわからなくなっていた。今後、わたしのために家を買おうとしてくれる男が一人でも現れるだろうか。しかも年の離れたおっさんとかでもなく、ていうかそこそこイケメンで、話も合って優しい男性……。ない。絶対ない。なんでわたし、彼を断ることにしたんだっけ？　あのときはそうするしかないと、それ以外に道はないと真剣に思った。もしかしてわたし、人生最大級の大当たりを、網ですくいあげる直前に釣り竿《ざお》ごと放り出してしまったの？　……バカだ。とんだバカだ。今年度最バカ女は間違いなくわたしだ。

「なあなあ、ええの？　もう一度、よーく考え直してみたら？　いや、気持ちはわかるねんで。俺も昔、同じようなことやってもうたことあんねん。だから南ちゃんの気持ちはよーくわかる。プレッシャーがきつかっただけやろ？　相手の期待が、ちょっと重かっただけやんな？　でも俺、死んでから思うねんけど、今時の若者はちょっと人間関係がややこしなったら、すぐ『重い』って言い過ぎやねん。そんなたいしたことないのになんでもかんでも『重い』って、腕力なさすぎやねん」

「わたしもあんたに重いって言われた。しかもメールで」

「せやから、それは……あっ、アカン」

「え？　アカンって何よ」と言いながら、わたしは気づいた。目の前にティファニーの店舗があった。そして入り口のところを、ちょうどK代が横切っていった。

わたしは反射的に、つかつかと早足で彼女に歩みよった。何も考えていなかった。

ただ、そうしなければと思った。

「おい、待てや」

「あの、すみません」

K代は笑顔で振り返った。

「あの……（やべえ、声掛けたはいいけど何も思いつかねえ）」「はい」

「おい、お前」

「もしかして、クソ男君のお友達ですか？　一度、東京でお会いしましたよね」

K代が言った。わたしは自分の背後に隠れるようにして立っている山田をチラッと見た。顔面が地蔵のように硬直していた。

何か言わなきゃと焦る。しかし、この状況を何と言って説明すればいいのか……。

「えーっと、わたし、実は霊媒師なんですよ」

K代はしばしぽかんとした顔でかたまり、それから冷ややかな声で「は？」と言った。

もっともな反応だと思った。が、わたしもここまできたからには引き下がるわけにはいかなかった。

「あの、クソ男君が年明けに亡くなったのはご存じですね。そのクソ男君の幽霊が、わたしのところへ相談にきたわけです。後悔してどうしようもないことがあると」

K代の眉間《みけん》のしわが刻一刻と深まっていく。わたしは自分が泥沼にはまっていくのを感じていた。

「あの、とりあえず話を最後まで聞いてくださいね。クソ男君はとにかく後悔していて、あなたに謝りたいそうなのです。彼はあのとき、あなたを受け止める自信がなかっただけなんです。自分はそんな大した男じゃないと、あなたの期待にこたえられるような男じゃないと。本当はあなたのことが大好きで、あなたには幸せになってほしいと願っていたはずなのに、自分にはそれができないと思ってしまったんですね。彼のしでかしたことは最低で最悪だけど、でも、決してあなたを傷つけたかったわけではないんです。そのことをわかってあげてください」

わたしが力説すればするほど、「こいつ頭おかしいんじゃね?」というK代の内心が表情に浮き出てくるようだった。

「とにかくわたしが言いたいのは……」

「ミスチルの」

背後で山田が言った。

「は?」

「ミスチルの『抱きしめたい』をうたうんだ」

「なんで？」

「いいから。はやくうたえ」

K代の顔を見る。助けを求めようとするかのように周囲を見回していた。

「だ、だ、抱き～しめ～たい～……たらら～らら～ら～ら～……」

K代はハッとしてこちらを見た。

歌詞がほとんどわからず、メロディもサビの数小節分しか思い出せなかったので、その部分をしばらく繰り返した。途中から山田も加わった。周りの冷たい視線が痛かった。

「抱き～しめ～たい～たららら……」

「あ、あの、もういいです」

K代は顔を真っ赤にして言った。怒っているのかと思ったが、どうやら違うようだった。目に涙を浮かべながら、心配して近づいてきた同僚を手で制した。

わたしたちは向かいあったまま、沈黙した。しばらくして、K代が言った。

「あなた、何者ですか？」

「いやだから……わたしは霊媒師です」

「その歌は、わたしが落ち込んで彼のところに駆け込むたびに、カラオケでうたってくれた歌です。わたしがねだると、いつも何回も何回もうたってくれました。それに彼、わたしが結婚する直前にも自分の歌を吹きこんだCDをくれました。意図はよくわからなかったけど……。そのことは、わたし、誰にも話したことないんです。多分、彼も。二人の秘密でした」

「うわ、ダッセー」思わず口走ってしまった。

「殺すぞ」

「あ、あの、今のは気にしないで。と、と、とにかく、彼の気持ちはそういうことです。あのね、今、彼もわたしの隣で一緒に『抱きしめたい』をうたってたんだよ」

K代の目から、ぽろりと涙がこぼれた。「本当に？」

「うん。今、すぐ横にいる。横っていうか、わたしの背後にいる」

「じゃあ、彼に一言いいですか」

「はいどうぞ」

「あんたのせいで友達失いかけました。うんこ召し上がれ」

新幹線のホームは混みあっていた。月曜日にしてはなぜか家族連れが多い。一人でいるのはわたしぐらいだった。

「お前のせいや。お前が余計なことするからや」

「わたしのおかげで相手の気持ちがわかったでしょ。よかったね」

わたしはスマホを頰に当てながら言った。こうすれば、周囲の人に独り言をぶつぶつ言っている変な奴だと思われないと気づいた。

指定席車両の列につく。目の前にわたしたちと同じぐらいの歳のカップルがいた。二人とも大きな荷物を持っているので、帰省帰りなのかもしれない。よく見ると、女性のほうはだっこ紐《ひも》で五ヶ月ぐらいの乳児を抱えていた。

三人を包み込む幸福色のオーラ。まぶしすぎて目がくらみそうだ。わたしは思わず空を見た。今にも雨の降り出しそうな曇天模様。しかし彼らには、太陽がさんさんと輝く晴天に見えているかもしれない。

「お前のせいや、お前のせい」

「いつまでぶつぶつ言ってるの。うるさいね」

「まあでも、俺らって案外似たもの同士なのかもな」

そのとき、ふいに思う。もしいろいろなタイミングや何やらが違えば、わたしと山田が家族になるという未来もあったのだろうか。二人の間に子供がいて、三人で旅行か何かでこの場所にいる、そういう未来もあったのかな。

なかったかな。

「俺らがああいう感じの夫婦になってたっていう可能性もあったんかな。いろんなタイミングが違えば」

「……」

「結構うまくいってたかもな。どう思う？」

「あのさ。もうこのまま成仏《じょうぶつ》せずにずっと幽霊のままわたしのそばにいてよ。もう疲れた。こんだけやってもダメなんだから、もう何をやってもダメなんだよ。わたし、あんたと付き合いたい。結構、好きだったんだよ、あのときメールでも伝えたけど」

何言ってるんだろう、わたしは。いくらなんでもやけっぱちだ。

次の新幹線がやってくるというアナウンスが流れる。乳児が母親の腕の中で笑い声をあげた。

「自分がそれでいいっていうんなら、ええで」

「え？」

「俺もよう考えたら、生まれ変わってもやりたいことあらへんし。付き合おうか、俺達」

どこか遠くを見ながら山田はそう言って、口笛を吹いた。「抱き〜しめ〜たい〜」のメロディ……かと思ったらそうではなく「風の中のすばる〜」だった。

第五話　生きてるように生きる

「ねえ、伯母さんから聞いたんだけど、山羊男《やぎ》はわたしのほかにもお見合いしてた人がいて、この間、婚約成立したんだって。しかも相手はすっごい若い子らしいよ」

「どうでもええやん、そんなやつ。ほら、はよ寝よ」

うん、とうなずき、わたしはその場でパジャマに着替えた。山田と並んでベッドに横たわる。おやすみ、とささやきあって目を閉じた。

山田と同棲《どうせい》生活をはじめて今日で一週間たった。このところ、山田はずっとそばにいる。わたしが部屋で仕事をしている間はベッドに寝転がってへたくそな歌をうたい、仕事をさぼってネット動画をみているときは一緒に画面をのぞき込み、ご飯を食べているときは隣に座っていろいろ話しかけてきて、そして夜はこうして横に並んでともに寝る。幽霊なのでセックスはしない。そもそもスキンシップはない。

思っていたより、楽しい生活だった。生前の山田と会っているときは気づかなかったが、わたしたちは結構笑いのツボが合うらしい。さっきも夕飯を食べているとき、山田が唐突に「100℃でHEARTBEAT」をうたう風間《かざま》杜夫《もりお》の物まねをやりだし、腹がよじれるかと思うほど笑った。

この生活がはじまって、意味もなく落ち込むことがなくなった。気分が滅入《めい》りかけても、山田とくだらないことを話しているといつの間にかどうでもよくなる。はじめは冗談半分だったが、このままコイツと生きていくのもいいかな、とこのところわたしはマジで考えるようになっていた。

「ねえ、このままずっと一緒にいてくれる？」

「……」

わたしは横目で彼を見た。いつもだったらやさしく「ええで」と言ってくれるのに。

「ねえ、このまま……」

「アカン」

「へ？」

「アカン、もう我慢できへん」

一瞬、もしかしてセックスでもする気だろうかと思った。が、違った。山田は弾むようにしてベッドの上に立ち上がるとわたしを指さし、「ええ加減にせえ！　このブタ！」と叫んだ。

「ブ、ブタ？」

「お前、なんやねん！　そのうち、今のままじゃあかんことに気づいて自分から動きだすのを待っとったけど、アカン。全然アカンやん！　何が『このまま一緒にいてくれる？』や。俺は死んでんねんぞ！」

突然の恐ろしい剣幕に、わたしは仰向けのまま身動きできなかった。山田は唾液《だえき》でも飛ばしてきそうな勢いでまくしたて続ける。

「今まで黙っとったけどな、実はお前のほかにも、俺を成仏《じょうぶつ》させるためのコマがおんねん。一応、自分を本命にしとったけど、もうアカン！　もう見捨てる！　あっちを本命にするわ！　アホ！　ブタ！」

「何それ！　二股《ふたまた》かけてたってこと？」

「別にええやん。俺の勝手やろ」

「生まれ変わってもやりたいことなんかないって言ってたじゃん」

わたしは半泣きになりながら言った。

「そんなん嘘《うそ》に決まってるやん。幽霊のままでおりたいやつなんておるわけないやん。少し考えたらわかるやん。アホなん」

「あんたにとって、わたしって何？」

「……は？」

「ほかにもコマがいるのに、どうしてわたしのことを本命にしてくれたの？」

「……そんなこと、どうでもええやん」

「わたしはあんたにとって、生きてたときも死んだあとも、ずっと都合のいい女なの？」

「……」

「なんではっきり言わないの？　わたしのこと好きなの？　嫌いなの？　嫌いなら嫌いって、都合のいい女なら都合のいい女だって言ってよ。なんで生きてるときも死んだあとも期待させるようなことばっか言うの？　わたしの気持ち考えたことある？　期待して待ってる人の——」

「重いわ、自分やっぱ」

吐き捨てるように山田は言うと、いつの間にか開いていた出窓から、水泳の飛び込み選手みたいな体勢で飛び出していった。

それからしばらくの間、わたしはただ途方に暮れていた。今まで味わったことのない気分だった。誰かに振られるたび、うまくいかない人生に嫌気がさして自暴自棄になって暴飲暴食して落ち込んで糞野郎《くそやろう》だのあんなやつ死ねだの悪態をついたり一回死んでビヨンセの子供に生まれ変わることを想像したりして、自分を慰める。そしてそのうち気づくとすべてがどうでもよくなっている。それがいつものパターン。けれど今回は、そういうのとは違った。ただぼんやりと、ずっと落ち込んでいた。体の大事な機能が一つ停止してしまったような、とても大切にしていたアクセサリーをふいになくしてしまったような。

ま、でもしょうがないと思う自分もいる。そうだよな。お化けと同棲なんてはじめから無理があった。ていうか、わたしみたいなクズ人間、山田だってイヤになるよな。

たぶんわたしは、自分で思っていたよりずっとクズな人間なのだ。この間のキャンプでそれを思い知らされた。己の姿を正確に客観視するのは難しいことだ。わたしは今まで自分のことを〝少々雑でおおざっぱなところはあるが、基本的には他人に害を与えない人間〟というような感じに捉《とら》えていたのだと思う。これまでの人生、友達とケンカ別れしたことはほとんどない。編集者ともめ事を起こす作家はあまたいるが、わたしはお付き合いNGの出版社もないし、地獄のように売れていないのにそこそこ仕事の依頼があるのは、何より人間関係をうまくやっているからだと思っていた。

しかし。婚活をはじめてから、一体何人の男性を傷つけ、そして失望させてきただろう。自分のことしか考えず、相手の気持ちをないがしろにするばかり。よくないことだとわかっている。でも、いざ誰かとの関係がはじまると、なんとか自分の都合のいいように展開させたいという気持ちが水死体レベルでふくらんでまともな思考ができなくなり、そして気づくと何もかも失っている。

自分がこんなにも自己中心的な人間だとは、婚活をするまで気づかなかった。婚活は人間の本来の姿を浮き彫りにしてしまう、まさに恐るべき修行道なのかもしれない。

そんなことはともかく、よく考えたらうちの父だって一度は母と結婚できたのに。クズ遺伝子がパワーアップ状態でわたしに引き継がれてしまったのか（自分でも何書いてるのかもうよくわかりません）。

そんなことをぐるぐると考えているうちに、気がつけばあっという間に秋が過ぎて冬がすぐそこまでやってきていた。

十一月中旬の、とても寒い日の夜。衝撃的なできごとがわたしを襲った。

その日は久しぶりに婚活仲間たちと集まった。場所はいつもの新宿のタイ料理屋。メンバーはわたしとJ子のほかに女性三名。それぞれお見合いパーティなどでしりあい、その後、合コンに呼んだり呼ばれたりしているうちに親しくなった。お見合いパーティや交流パーティではわりあい同性から声をかけられることも多く、わたしも女性の知り合いがかなり増えたが、このメンバー以外は全員何らかの勧誘だった。わたしたち五人は、ただ純粋に結婚という目標一つに集まった、いわば戦友であり同志だった。

五人全員が揃《そろ》うのは、約三ヶ月ぶりのこと。会わないうちに、なんと五人中三人に彼氏ができていたことが発覚した。

しかもうち一人はあのJ子。わたしが仙台と東京を行ったり来たりしている間、ちゃっかり婚活サイトに登録していたらしい。相手は三十八歳で大手百貨店にお勤めだという。

残りの二人もサイトを利用して彼氏を見つけていた。T美さん（三十七歳・婚活歴五年・派遣社員）の相手は四十七歳の弁護士、バツイチだが年収一千万円以上。R奈《な》さん（三十六歳・婚活歴七年・薬剤師）は三十九歳の自動車メーカーのエンジニア。

「南ちゃん、わたしも三人の成功を聞いて、先月ついに婚活サイトに登録したんだよ」

F代さん（三十九歳・婚活歴九年・大手メーカー総合職）はトムヤムクンを一口すると、力のみなぎった目付きでわたしを見て言った。

F代さんはわたしたちの中で、男性に求める条件を最も厳しく設定していた。しかし言っちゃ悪いが、F代さんは特別美人でもなければ、きつめの性格で男受けのいいタイプでも決してなかった。わたしはずっと心ひそかに、五人のうち誰か一人だけ結婚できないとしたらF代さんだろうな、と意地悪なことを思っていた。

「今ね、T美ちゃんがやってたサイトと、R奈ちゃんがやってたサイトに登録してて、すでに四人の人とやりとりしてる。もうわたしも来年四十だからね。今までみたいなワガママは言わない。一に妥協、二に妥協、三四も妥協で五も妥協だよ！」

タイ風焼き鳥を豪快にかじりとりながらそう言うF代さんは、試合前の悪役レスラーのように勇ましく見えた。わたしは他の三人のこともあり、いよいよマジでわたしだけ取り残されてしまうんじゃないかという気になってきた。

タイ料理屋を出ると、外は冷たい北風が吹いていた。繁華街のネオンの下、四人が「寒いー」などと言いながらインコみたいに身を寄せ合って歩くのを、わたしは少し後ろからぼんやりながめていた。十年後、わたしたちはどうしているのだろうといつもと同じことを考える。もうこの五人で集まったりはしていない気がする。一人か二人か三人は、結婚してお母さんになっているかもしれない。そして一人か二人か三人か、あるいは全員が、今とかわらずこの東京で、一人きりで生きているのかもしれない。

そのとき、ふいに横から殺気のようなものを感じ、わたしは足を止めた。

右手に狭い路地があった。古いラブホテルが軒を連ねている。そのうちの一軒の建物の前で、中年女性二人が大きな声で会話していた。「お疲れ」「よろしくね」などと言っているから、ラブホの清掃員かもしれない。片方の女性が、なぜかしらないがわたしのことをものすごい顔で睨《にら》みつけてくる。とにかくものすごい眼光だ。そしてものすごい姿。何十年前に購入したのかわからないボロボロの赤いフリースに、下はピチピチのジーパン。手にはゴミなのか食糧なのかはっきりしないものがパンパンにつまったビニール袋。お腹《なか》のあたりはぶよーんとしているのに、手足は細くてハンプティダンプティみたいな体型だ。

　あの人は数十年後の未来からタイムスリップしてきた将来のわたしなんじゃないか。そんなありえない考えが一瞬、脳裏をよぎった。新宿のラブホテルの清掃のバイトで生計を立てるおばさん。一人暮らし。子供もいない。休みの日はパチンコ。……本当にありえないことか？　マジでアレは未来のわたしかもしれない。なんか、目付きの悪いところとか似てる気がするし。ていうかあのばばあ、ずっとこっち見てるし。あとあの赤いフリース、わたしも同じようなの昔よく着てたし、実家にまだあるし。

「南ちゃーん、二軒目の店、ここ入るよー」

　T美さんに呼ばれて前を向いた。「今、いくー」と答えて、また路地に視線を向けると、赤いフリースばばあの姿はどこにもなかった。

　終電で帰ってくると、すぐにパソコンを起動させ、以前利用したことのある婚活サイトを開いた。

実はわたしは約三年前に一度、婚活サイトに登録し、少しだけ活動したことがあった。その頃すでに婚活小説の企画がもちあがっていて、相手探しとともにネタ探しも兼ねていた。

しかし、そんな中途半端《はんぱ》なモチベーションで手をつけてしまったせいか、サイト上でやりとりした相手と電話したり会ったりする勇気は最後までもてなかった。感じのいいやりとりが続いても、「そろそろ会いませんか」などと相手が一歩踏み込んできた途端、いきなりお断り用テンプレメールを送りつけるという極悪非道なことを繰り返していた。

そんな中、東日本大震災が発生。さすがにこの時期は少しナーバスになり、とても婚活などする気にはなれなかった。ほかの登録者も似たような感じだろうと思っていたのだが、そうでもないようだった。震災当日こそ静かだったものの、翌日の昼以降には「はじめまして、よろしくお願いしまーす」みたいなのんきな文面のメールが次々に届いた。携帯の着信音が鳴ってそれがサイトからだと気づくたびにイラッとし、申し込みメッセージの中身を見てそのノー天気さにさらにイラッとし、それからわざわざ相手のプロフィールを確認しにいって、その人が自分より二十歳以上年上だったりすると、「いい歳《とし》してこんなときに何やってるわけ⁉」と無用なむかっ腹を立て、なんとか一言言ってやりたい気持ちになり、お断り用テンプレを使用せずに「無神経な人はイヤです」とか「この時期に随分お暇なんですね（笑）」などと相手をバカにするような内容のメッセージを送り返していたら、しばらくして誰かにサイト側へ通報されたらしく、アカウント停止を食らってしまった。

それがきっかけで婚活への意欲を完全に失い、そのまま小説の企画まで頓挫《とんざ》させてしまったのだから、まったく救いようがない。すべてが自業自得《じごうじとく》。

出版社から再び婚活小説を書くチャンスをもらったのは一年前のこと。今のところ一文字も書いていない、というわけでもないが、一枚も編集者に渡せてはいない。今度失敗したら、確実に見捨てられる。すでに山田には見捨てられた。

わたしは椅子《いす》の背もたれに体を預けて腕を組み、目を閉じる。そして今夜、J子やT美さんたちが話していたことを思い返してみる。

三人とも、サイト活動をはじめるまでは、多少の抵抗感は抱いていたようだ。乗り越えなければならない最大の壁は、その外聞の悪さだろう。「ネットを利用しなければ恋人を見つけられない」という身も蓋《ふた》もない非モテ感。それを自分で認めることは、人によってはなかなか勇気のいることだ。

「最初はわたしも、出会ったきっかけを人に言いづらいし、やろうかどうしようかすごく迷った」そうT美さんは言っていた。「なんか、落ちぶれたな……みたいな。でも出会いの幅を広げる手段の一つにネットがあった、程度のとらえ方でいいのかなと思ったの。それでうまく結婚して十年二十年経《た》てば、きっかけがネットだろうとなんだろうと、そんなことはどうでもよくなるだろうし」

その言葉はとても心にしっくりきた。誰の前で明かしても恥ずかしくない出会い方をしたって、すぐに別れてしまったら意味のないことなのだ。

サイト活動のメリットについては、三人よりさまざまなものが挙げられた。とくに大きなものとしては二つ。一つ目は、年収や職業などの相手の条件が明らかな状態で出会えること。合コンやパーティでは、クッソめんどくさい探り合いタイムが必要不可欠だ。さんざん骨を折って相手から勤務先や家族構成などの必須《ひっす》項目を聞きだし、勇気を出してアドレス交換を申し出た後で、「俺、彼女いるけどいい？」と言われた時の狂おしいまでの殺意。「死ねッ」という言葉しか思い浮かばない。

二つ目は、結婚に対するモチベーションが高めの男性が多いこと。これも一つ目と同様、リアルな出会いの現場で正確に把握するのは困難を極める。このギャップを利用し、思わせぶりな態度で女を釣ってヤることヤったあとで「俺、結婚とか興味ないんだよねー。つーか彼女とかめんどくせえ」などと言いだすクソ男が、合コン界には夏場のスーパーに山積みされたスイカのようにこんもりと存在している。いますぐ全員死んでほしい。

婚活サイト……もう一度チャレンジする価値はあるだろうか。わからない。けれど、合コンでもお見合いパーティでも紹介でも、わたしは成果を挙げられなかった。同じように失敗続きだったＪ子たちが、しかしサイトで結果を出した。ならばわたしだってやれるはずだ。

よし、わたしは婚活サイトで結婚相手を見つける。決めた。これがダメだったら合コンからやりなおせばいいとか、そういう他の選択肢は考えない。サイト以外にはもう打つ手はなくなったのだ。どうせもう一緒に合コンにいってくれる人はいなくなってしまったわけだし（Ｆ代さんはイケメンがいないとふてくされるので絶対一緒にいきたくない）。

少しでもいいと思った人がいたらためらわずに会いにいこう。会ってみなければ何が起こるかわからない。未知の扉を開けるのだ。そう、わたしに今まで欠けていたのは、ゆるぎない決意。

一生一人でいいやなんて、投げやりなことを考えるのはもうやめる。もし、年内中に交際相手を見つけられなかったら、神様、わたしは一生死ぬまでうに丼《どん》を食べないことをここに誓います。

いやマジで。マジだから神様。本気と書いてマジのほうのマジだから。

仕様を把握する手間を省くため、以前と同じサイトを利用することにした。一時間半かけてプロフィールページを埋め、さらに三十分かけて画像フォルダの中を吟味し、最も顔写りがいい、いわゆる〝奇跡の一枚〟を選びぬいた。

全ての作業を終えると、ぐったりと疲れていた。すぐに明かりを消して布団《ふとん》の中にもぐりこむ。

今頃、山田はどこで何をしているのだろう。

それから丸一日の間に四十二件の申し込みがあった。翌日以降も二十件前後の申し込みが続き、一週間が過ぎた時点で百二十件を超えた。これは、三年前と比べて二倍近い成果だった。理由はプロフィールページを手抜きせずに埋めたことと、一日に一度は男性会員を検索し、プロフィールを閲覧したことを示す〝足あと〟を残しまくったことと思われる。

が、三年前と比べて、申し込んでくる男性の質は明らかに落ちた。気がする。なんといっても三年前のわたしは、ぎりぎりだが二十代だった。同じ二十代の男性からの申し込みも少なくなかった。今回は三十代後半で若いレベル。基本は四十代後半。もちろん、三年前も四十代以降の人からの申し込みがなかったわけではない。しかし、メールの文面に「こんなおじさんでよければ……」「ダメもとですけど」みたいな、ほほえましい遠慮が垣間見《かいまみ》えたものだった。

今回は、なんかみんな堂々としているのだ。「四十代後半と三十代前半、ぴったりですよね?」みたいな。いちいちそんなふうに書いてくるわけじゃないが、なんとなく、いやときにビッシビシ伝わってくる。五十歳の栃木県在住のタクシードライバーからの申し込みメッセージに「これぐらいの歳の差、今時は普通ですよね。若い草食男子より、大人の肉食男子のほうがあなたを癒《いや》し、愉《たの》しませられると思います」と記されていたのを見たときは、「バーカ」とだけ書いて返信してやろうかと三十分ぐらい考えた。考えてやっぱり「バーカ」と返信しようと心に決めたあとで、お断りをするときにはお断り用テンプレを使用するしかなく、オリジナル文は送信できない仕組みに変わっていることが判明した。断り相手に暴言を吐いて通報された女性が、わたし以外にも多数いたのかもしれない。

年齢だけじゃなく、収入などの条件面も格落ち感が否《いな》めなかった。また、プロフィールに好きな映画を百個近く列挙している(全部邦画)、ものすごく気持ちの悪い自撮り画像を何枚も載せている、字数制限いっぱいまで自分の恋愛遍歴をずらずら書き連ねている（しかも読んでみると恋愛遍歴というよりストーキング告白だった）といった、あからさまに〝変〟な人が増えた。これはわたしの加齢のせいか、あるいは全体的な傾向なのかはわからない。

さて、そんな百二十件あまりの申し込みの中から、わたしは五名の男性を厳選し、メッセージ交換ＯＫの返事を出した。

一人目は「まっちゃん」さん。三十八歳。システムエンジニア。年収は六百万円台。横浜市在住でバツイチ、子供はいない。プロフィールはシンプルでとくに目を引くところはなかったのだが、海を背景にした写真がさわやかで感じがよかった。

二人目は「ケンタ」さん。三十三歳。眼科医。年収は一千万円台。顔写真は不鮮明な自撮り画像、プロフィールは空欄多め。大阪府出身でメールが大阪弁、しかもたったの三行。大阪出身のクソ男を一人知っているので迷ったのだが、三十代前半は貴重なのでキープの意味も込めてやりとりしてみることにした。

三人目は「宇宙人ポール」さん。三十九歳。食品メーカー営業。年収は五百万円台。趣味はカメラで一眼レフを六台も所有している。顔写真はまあ合格点。フワッとした少し長めのヘアスタイルと、あどけない顔立ちが子犬のようにキュート。映画の趣味も合いそうだ。

四人目は「ラジ男」さん。二十九歳。弁護士。年収は九百万円台。顔写真は百点。身長百八十センチ、恵比寿在住、車、マンション所有。プロフィールが完璧《かんぺき》すぎて怪しさ満点だが、しかし切り捨てるにはあまりに惜しかった。

五人目は「ノゾミ」さん。三十五歳。ＩＴ系企業の管理職。年収は八百万円台。彼がわたしの大本命。プロフィールの文面がシンプルかつわかりやすく、力が抜けていて、知性も感じられて好感が持てた。顔写真は人に撮ってもらったもので、自然な笑顔でキモさ成分はほぼゼロ。決してイケメンというわけではないが、ピンクのシャツがよく似合う、チャーミングなルックス。

五人ともわりとすぐに好意的なメッセージを返してくれた。最初に会おうといってきたのは宇宙人ポールだった。今回は躊躇《ちゅうちょ》せず、すぐに了承した。

それから立て続けに、まっちゃんとケンタからも会おうと誘われた。ラジ男は三回ぐらいやりとりが続いたあと、パタッと途絶えてしまった。ノゾミからは「近々、まずは電話してみませんか」と言われたときに、「電話は苦手なので直接会いたいです」と自分から申し出てみた。これでひかれたら終わりだなと思ったのだが、相手は快諾してくれた。

どうせだったらいっぺんにすませてしまおうと、十一月下旬の土曜日の午後にまっちゃんとケンタ、翌日午後に宇宙人ポールとノゾミと会う約束をとりつけた。我ながらなかなか巧みなスケジューリングだと思った。四人とも食事ではなく、お茶をするだけにした。これはT美さんのアドバイスに従った。メールでどれだけ感じがよくても、会った瞬間、動物園のゴリラばりにうんこを投げつけたくなるような男だった場合、お茶だけのほうがよりはやく逃げ出せる。

そして、四人全員の面談を終えた日曜日の夕方、T美さん宅にJ子とともに集合した。わたしはT美さん手製のキムチ鍋《なべ》をズルズルすすりながら、衝撃の面談結果を二人に報告した。

「もう本当にびっくりだよ。こんなことってあるんだね。あのね……四人中三人が顔写真と実物が大きくかけ離れていた。ていうか、四人中三人がハゲてた」

最初に会ったまっちゃんは散らかり系ハゲ。その次のケンタはカッパハゲ。三人目の宇宙人ポールは……もうなんと表現していいかわからない。頭頂部は台風が通り過ぎた田畑のようなとっ散らかり状態、しかしサイドと襟足はぴっちりと揃えて伸ばすという意味不明すぎる髪型だった。彼とは駅の改札前で待ち合わせたのだが、事前にかなり細かく服装（黒いダッフルコートに黒の細身のパンツ、赤い靴）を説明されていて、そのような服装をしている人は明らかにその場に一人しかいなかったのに、特定するのに二十分近く要した。わたしの中の何かが、彼を彼だと認めることを拒絶していた。だって、そこにいるのはどう見ても落ち武者だった。わたしは静かにその場を離れ、「見つけられませんでした。今日のあなたの姿を携帯で撮って送ってください」とメールした。すぐに返ってきたメールには、さっき見た落ち武者の画像が添付されていた。

「わたしは落ち武者と会う約束した記憶なんかないし！　あとでサイトの画像を見返したらさ、その人だけじゃなく、他のハゲ二人もうまいこと髪の毛の具合がわかんないように写してるの。ほらっ見てっ、この画像とか。自撮りでうまいこと角度を調節してさ。しかもどの人も、何年も前の写真を使ってるんだよ。これって詐欺《さぎ》だよね？　ねえどう思う？」

わたしの力説とは反比例するような、二つのさめた顔が目の前にあった。わたしはなんとか彼女たちの共感を得ようと、ますますヒートアップして話し続けた。

「いや、ハゲがダメだって言ってるわけじゃないの。わたし、ハゲよりデブのがイヤだから。わたしがむかついているのは、嘘をつかれてたってことなのよ。だって、そうでしょ？　しかも、三人とも会うときに帽子かぶってくるでもなく、もちろんヅラかぶってるでもなく、もうなんで？　っていうぐらい堂々としててさ」

「……うーん」とT美さんは首をひねった。J子はアサリの殻で鍋の汁をすすりながら、「相手の男の人はさ、そりゃもう必死なんだよ」と言った。

「必死なの。必死すぎて、どうしても結婚したくて、できるだけ自分の欠点を隠そうとした結果、そういう潔《いさぎよ》くない、髪の毛フサフサ詐欺になっちゃったわけ。でもさ、会うときにはありのままの姿できたってことは、一応それが相手の誠意なわけよ。面談のとき、自分の中身を見てもらおうと、相手は必死にしゃべってなかった？　どう？　あんたを楽しませようとがんばってなかった？」

「いや……うーん」わたしは腕を組んで考える。「そうは思えないなあ。例えば散らかり系ハゲのまっちゃんはジャイアンツファンなんだって。で、『南さんは名古屋出身だからドラゴンズファンなんですか』って聞くから、『わたし自身は野球にそこまで興味ないけど、家族はアンチジャイアンツですね』って言ったの。でもそれはオブラートに包んでるわけでさ、本音は『わたしの前でクソジャイアンツの話なんてすんじゃねーよ、巨ヲタの他球団に対する上から目線にはほとほとウンザリなんだよ』って感じなわけ。にもかかわらず、その男はずーっとジャイアンツの話しててさ。で、たまたまドームの近くのお店でお茶してたんだけど、『天気がよくて暖かいから、少し外歩きませんか』って彼が言ったの。まあ時間あったし、いいかと思ってついていったらさ……どこに向かったと思う？」

「ラブホ？」T美さんが言った。

「東京ドームシティのジャイアンツグッズ売り場！　信じられる？　わたしが名古屋人って知ってて、そんなところつれていくか？　もうね、わたし、ますますオレンジ色が嫌いになったね」

「それはさあ……アレだよ。あんたに自分のことを知ってほしかったんだよ。かわいいじゃん。一緒にジャイアンツを応援してほしいんだよ」

わたしはさっきからやけに男たちの肩を持つJ子をじっと見つめた。J子は芝居がかった仕草で箸《はし》をパチンとテーブルに置くと、自分のスマホを操作し、しばらくして画面をこちらに向けた。

画面いっぱいに、額がズル剝《む》けた中年男の顔が写っていた。

「何これ。お父さん？」

「サイトで知り合った今の彼氏」

「……」

「わたしも、彼がサイトに載せてた写真を見た時点じゃ、こんなにおでこが広いってわかんなかったよ。だから最初に会ったときは、うわあ……って思ったけど、話してみたらすごくいい人だった。そのあともマメに連絡くれて、先のことも真剣に考えてくれたの。合コンなんか何回やっても、こんな人には出会えないと思ったよ。自分を大事にしてくれる彼と出会えたこの安心感はすごいよ。ていうかさ、四人中三人はハゲだったわけでしょ？　残りの一人はどうなのよ。え？」

「あー、ノゾミさんね」

「何、その浮かない顔」

「いや……うん。あの、悪くはないの。いや、むしろいいほう。すごくいい人。写真と実物も同じだし、勤め先もちゃんとしたところだし。服もおしゃれで、清潔感もあって、イケメンじゃないけど背は高い。頭もよさそう。一応、次の約束もしてるの。でもなんか、なんか違うの。なんていうかさ、そこまでズキューンともきてないっていうか。とりあえずここで妥協するか、みたいな感じがお互いにアリアリで……。恋愛とは違うんだよね。ほんと見合いって感じ」

「婚活ってそもそもそういうもんでしょ」

「何も言えねえよ」

「南ちゃん、あの、実はね……わたしの彼もハゲてるの」T美さんが、一年先輩のサッカー部員に告白する女子中学生みたいに頰をそめつつ切りだした。「あっ、でも、J子ちゃんの彼ほどじゃないよ。ちょっと薄目って程度。ていうか、ただ毛が細いだけ。サイトの写真とは確かに違った。でもでもでも、ハゲてるってほどじゃないの。本当よ。で、何が言いたいのかというと、髪の毛が少ないのは残念だけど、でも中身はすごくいい人で、今までの人と比べたら、ときめきとかそういうのとは無縁の関係だけど、でもわたしは今、すごく幸せだってこと」

「あんた、知ってる?」とJ子。「F代さんも今サイトで知り合った人とデートしてるらしいんだけど、元関取かっていうぐらい太ってるんだって。あのF代さんがだよ? 頑張って彼のいいところ探してるって言ってたよ」

わたしはもう言葉が出なかった。締めのうどんが若干喉《のど》を通りにくく感じるほどだった(でも全部食べた)。

T美さん宅を出てすぐ、ノゾミからのメールを見返した。次にいつ会えるか、予定を聞かれていたのだ。「再来週なら……」と返信文を打ち込んですぐに消し、「いつでもいいです。よろしくお願いします」と直して送信した。

そして翌週の金曜、六本木のイタリアンレストランでノゾミと食事をした。はじめは気まずい雰囲気だったが、最後のほうは会話も結構弾んでいた。と思う。ノゾミは職場でかなり重要なポジションについているらしく、同業他社の人間が一目おくような実績を残してもいるようだ。わたしが思い切って官能小説を書いていることを打ち明けると、ひくこともなくむしろ面白がってくれた。これまでの恋愛経験や家族との関係など、お互いにかなり込み入った話もできた。

時間がたつにつれて、わたしは当たりくじを引いたのだとしみじみ思った。お金もあってオシャレで頭もいい。しかも髭が薄い！　文句のつけどころがない。

ただ、ときめきはない。ズキューンとくるものがない。おそらく、お互いに。どちらか一方が惚《ほ》れているならまだしも、お互いに妥協の関係って何だか……夢がない。希望がない。

いや、でも付き合っていくうちにだんだん好きになっていけるかもしれないし。きっとJ子やT美さんの話していた安心感とはそういうことだ。わたしも安心したい。ときめくことだけが恋愛ではない。わたしはいい加減、そのことを理解しなければならない時期にきている……のだろう。

帰りは日比谷線と大江戸線で別々だったので、六本木駅で別れた。電車に乗ってすぐ、こちらから彼にお礼のメールをおくった。「また会いたいです」という言葉を添えて。

数分後、「ぜひぜひー、またいきましょう」という返事があった。しかし、翌日は彼からメールがこなかった。会う前日まで、わたしたちは最低でも一日一度はメールのやりとりをしていた。彼から何か質問があって、それにわたしが答えるというパターンが多かった。一日一度のやりとりを途切れさせないよう、わたしは自分からメールを送ることにした。とはいっても、彼に対する質問が何も思いつかないので、とりあえずその日の天気についてのメールを（帰りの時間に雨が降りそうなので気をつけてください、など）毎日送った。

はじめは律義《りちぎ》に「雨、降りませんでしたよ」などといった感じで返事があった。しかし、わたしへの質問もなければ、次のお誘いも一向にない。こちらから誘うのはイヤだった。断られたらそこで終わってしまいそうだからだ。ときおり天気の話題に「最近は忙しいですか？」と様子をうかがう言葉を添えてみたりもしたものの、なんだかはっきりしない答えが返ってくるばかり。

食事から約二週間後、わたしは勇気を出して、天気のことには一切触れずに「お仕事が落ち着いたらまた会いたいです」とメールした。

無視された。

二日待っても三日待っても、五日待っても返事がなかった。いわゆる一つの「お察しください」状態。

わたしたちは合コンやナンパでしりあったのではない。まして出会い系サイトででもなく、結婚相手を真剣に探している人だけが利用すべきはずの婚活サイトで出会ったのだ。せめて一言、お断りの連絡があってしかるべきではないだろうか。無視って、あまりにひどすぎる。ずっと同じように婚活で苦労していたJ子やT美さんは、サイト活動をはじめた途端、あっさりうまくいってしまった。どうしてわたしだけ？ なんでわたしだけうまくいかないの？ 妥協だってしたのに。ときめかない相手に自らがんばって誘いをかけたのに。

それからわたしは、気づくといつもの泥沼に沈んでいった。自暴自棄。暴飲暴食。「死にたい死にたい死にたい……」とスマホに打ち込んでそれを自分のアドレスに送るという意味不明な行為。毎日、婚活サイトのノゾミのプロフィールページをのぞきにいっては、「今日は帰り道に犬のうんこを踏みますように」「明日は人間のうんこを踏みますように」などと呪いをかける。わかっている。ノゾミのことを引きずっているのではなく、ノゾミに捨てられた自分がかわいそうという気持ちを引きずっているだけ。要するにいつもと同じ。わかっていても、沈んだ気分はどうにもならない。

それでも日が経つにつれ、自分がふられた理由を冷静に考えられるようになった。

彼に対する興味のなさがバレていたのだ。そして、興味がないくせにメールを送ってくるのは単に結婚を焦《あせ》っているだけだと見透かされてもいたのだろう。もう少し丁寧に、相手を少しずつしっていく努力を怠らなければ、何かが違っていたかもしれない。自分におきかえてみたらわかることだ。だめだとわかっているのにやってしまう。ただのバカなのか。それともアホなのか。ハッ。もしかして。今、ものすごい事に気づいてしまった。これは自然淘汰《とうた》というやつなのではなかろうか。わたしの遺伝子は残されるべきではないと、偉大な何かに判定をくだされたのだ。だから、誰ともつがいにならないよう行動を操作されている。ああそうだ、それですべて納得がいく。わたしは求愛のダンスをメスにガン無視され続ける間抜けな極楽鳥のようなものだ。ずっとずっと、無意味かつ無様なダンスを踊っていただけ。鮮やかな羽根で身を飾り、ビヨンセ張りのステップを踏んでいたつもりでも、いつの間にか自分でも気がつかないうちにすっとんきょうで間抜けな盆踊りに変わっている。そして男たちにドン引きされ逃げられる。なぜって、それは淘汰されるべき種だから。

しかし、それからしばらくして、事態は思わぬほうへ動き出した。数回のやりとりで途絶えたままだった弁護士のラジ男から、数週間ぶりにメールがきたのだ。

回りくどいいわけは一切なし。「今夜、あいてます？」の一行のみだった。

怪しい。何かの勧誘だろうか？　怪しいがしかし、決めつけはよくない。連絡が途絶えたのはきっと忙しかったせいだ。忙しくない弁護士よりは忙しい弁護士のほうがいいに決まっている。

わたしは速攻でOKの返事を出した。そしてバイトを定時であがると駅前のデパートに寄り、美人の販売員が一番多いコスメカウンターに飛び込んで、顔を一から作り直してもらった。スキンケアからメイクアップまで一通りの製品を試したあげくに五百円のパフだけ購入するという鬼畜の所行を遂げたあと、トイレにこもって二十分かけて髪型を直した。時間ちょうどに指定された渋谷の焼鳥屋に着き、メールで知らされていた予約の名前を店員に告げると、カウンター席に座っていた男がくるっとこちらを振り返った。そしてにこっと笑って手を振った。その、春のそよ風のような、さわやかな笑顔を目にして、わたしは、ああと思った。

ああ。あれはヤリチン糞野郎だ。

雰囲気でわかる。いや匂《にお》いでわかる。この一年、日本でも有数のヤリチン糞野郎・山田と過ごしてきたおかげで、わたしのヤリチン糞野郎レーダー感度は格段に向上したようだ。頭に載せている黒いハットのあのおしゃれな感じ。ゆったりしたサイズの黒と赤のセーターのセンスいい感じ。屈託なさそうで、でも目が死んでいるあの笑顔。そしてこの匂い。プンプン漂っている。ヤリチン糞野郎の匂いが。

隣り合って座り、ビールで乾杯してすぐ、ラジ男はプロフィールに書いたバツイチというのは嘘で、実は離婚未成立であることを打ち明けた。

「もちろん別居はしてますよ。もう五年になるかな。夫婦としての関係は完全に終わってます。少し前まで、普通に付き合ってる彼女いたしね。ま、婚活サイトに登録しておいてアレだけど、俺、ぶっちゃけ再婚願望ないの。ほんと、結婚なんて全然よくないよ。やめておいたほうがいい」

この男は不利な情報を先に出しておくことで、わたしに暗に示しているのだ。コッチはお遊びですよ、と。マジモードは解除してね、と。

おそらく、この手で何人もの女性をヤリ逃げしてきたんだろう。イケメンというわけではないが、どことなく憎めないところがある。落ち着いた雰囲気で、妙な安心感があって、優しげで、そんなところが「そうは言っても、もしかしたら」という期待を抱かせる。いわゆる女好きする男。まじめにサイト活動をしている男性たちとはまさに真逆のタイプだ。

しょうもねえ男だ。

ほんっと、しょーーーーーーもねーーーーーーなーーーーーーーと腹の底から、胃のもっと奥、いや腸のさらに奥の肛門《こうもん》の出口直前からこみ上げてくるようにわたしは思った。

しょうもなさすぎて怒りも湧《わ》いてこない。ラジ男だけではない。今までに出会ったすべての糞野郎たちに対してそう思えてきた。何にもない。彼らの中はからっぽだ。ただ女が好きで、女の体を使って射精したいという欲望だけ。わたしは彼らに一体何を期待していたのだろう。親しげな態度と楽しげな言葉と優しげな雰囲気。そんなものに惑わされただけだった。

女の心情の変化にはさすがに敏感らしく、ラジ男は何も言わないわたしの顔を不安げにのぞき込み、ずうずうしくも腰に手を回してきたので、正義のモンゴリアンチョップをその首元にかましてやった。そして「今まで婚活サイトを通して何人と会って、そのうち何人とセックスしたの？」と聞いた。

「え？　何それ」ラジ男は痛そうに首を押さえながら言った。

「わたしね、実は小説書いてるの。今書いてるやつのテーマが婚活なの。だから参考のために聞かせてよ。で、何人とヤッたの？」

「えっと……十人ぐらいかな」

「嘘はつかないでね」

「三十三人です」

「自分がヤリチン糞野郎だって自覚ある？」

「糞野郎って……でもまあ、うん」

その後もわたしは追及の手をゆるめなかった。ヤリチン糞野郎になったのは何歳の頃からなのか（「小六で初体験をすませて以来、ヤる相手に困ったことはない」そうだ。上には上がいると思った）。結婚していることはいつも最初から相手に言うのか（「ぶっちゃけ、相手によるよね～。ヤリマンっぽい相手には絶対に先に言うよ～」だそうだ。死ねばいいと思った）。ただのセックスフレンドと、結婚を決意するほどだった妻との違いは何か（「偶然。タイミング。他に理由なし」死ねばいい）。主にどこで相手を見つけてくるのか（「前はクラブによくいったけど、今はもっぱら婚活サイトだね。結婚焦ってる三十代女が狙《ねら》い目」死ね）。

「何がそんなに楽しいの？　そんなにセックスしたいの？」

「うん。したい。俺、セックス大好き」まるでゾウやキリンが好きだと言う園児のような無邪気な口調に、呆《あき》れを通り越してちょっと笑ってしまった。

「トラブルになったことはないの？　そりゃ、結婚を焦ってる女をひっかけるのはたやすいだろうけどさ」

「いや、ある程度稼ぎがあって、自立してそうな女を狙ってるからね。そういう人はハートがタフだから。サイトってそういうところが便利だよ。それでも、ときどきは当たっちゃうんだけどね。ちょっと病んでるタイプっていうの？　何回かヤッてさ、その後こっちが連絡しなくなると、だんだん荒れ狂っちゃって。たとえば去年知り合った女がさあ……」

その女性、ミユキさん（三十四歳・行政書士）とは、サイト上で二、三回メッセージのやりとりをしたあとに会った。会ったその日にホテルにいった。それから半年ほど体だけの関係が続いていたが、あるとき「両親に会ってほしい」と言われたという。

「本当、びっくりした。ちょっと生真面目《きまじめ》で融通きかなさそうなタイプだったから、二回目にセックスしたときに結婚してることをちゃんと話したんだよ。で、そのあとは、俺から誘うことはなくなった。つまり毎回、向こうから連絡があって会うってパターンだった。なのにある日突然、真面目に付き合ってるつもりだった、遊びなんて許せないとか逆切れされてさ。困るよ、そんなこと言われても」

「でも、奥さんとは別居してるって言ったんじゃないの？」

「うん、言った」

「さっきわたしに話したみたいに、再婚する気はないってことははっきり伝えた？」

「……伝えなかった……かも。だってすげえ、真面目なタイプだったから」

「真面目なタイプなのに、なんで手を出したの？」

「体がよかった」

「未来に期待を持たせるようなこと、絶対に一言も言わなかった？　将来こんな家に住みたいねとか、子供ができたらとか、そんな話はしなかった？」

「覚えてないけど、向こうはしてたかもしれないけど……あの、あのさあ」

「……」

「なんで、君が泣いてんの？」

わたしは歯を食いしばりながら鼻だけで深呼吸した。なんでわたしが泣いてんの？　バカなの？　それとも超バカなの？　なぜだかわからないが、いろいろな人の顔が次々に頭に浮かんでは花火みたいに消えていく。駅の改札前で迷子になった子供みたいに不安げな様子でわたしを待っていた落ち武者。高橋由伸《たかはしよしのぶ》の天才たる所以《ゆえん》を熱弁していたまっちゃん。まずそうにパスタを咀嚼《そしゃく》していたノゾミ。やっとできた彼氏がちょっとだけハゲていることを、悲しげな笑顔で打ち明けたT美さん。

「みんな必死なんだよ。みんな必死で、人生をともに生きていけるパートナーを探

している の。今より幸せになるために。でもみんなちょっと不器用なの。ちょっと不器用っていうかさ、なんか変なこだわりがあったりさ、人づきあいが苦手だったりさ、空気が読めなかったりさ、髪の毛なかったりさ、そういうことがあってなかなかうまくいかないけど、でもみんな、誰かのことを好きになって、その人と結ばれて、幸せになりたいだけなんだよ。そういう人の気持ちを踏みにじらないでよ」

涙だけでなく鼻水まで吹きだしてきた。おしぼりでぬぐったらビヨーンと鼻水がのびて、ラジ男が「きったね」と言った。

「うるさいよっ。あんたみたいなさ、ちょっとばかし口がうまくて、ただ小器用で、そんでもってなんか服とか髪型の趣味がいいだけで中身の空っぽなやつが、そういう必死な人を傷つけるのが許せないの」

「一体、なんなんだよ」

鼻水をすすり上げながら、でも、わたしはこの糞野郎と同類だと思った。ヒゲだのハゲだのといった本人にはどうにもならない外見の問題で相手を見下し、バカにして切り捨ててきた。せっかくこちらに向けてくれた優しさや好意にありがたみを感じることもなく、自分の願望を満たすことばかり考えている。

「もう帰る」

カウンターに二千円をおき、席を立った。店を出ると、ここはロシアかと思うぐらい冷え込んでいた。冬の灯り、冬の匂い。「クリスマス中止のお知らせ」がまだ届いていないなとふと思い出す。今日あたり郵便受けに入っているといいなと思う。

交差点を渡り、地下鉄の階段を下りながらなんとなく気配を感じて振り返った。約一メートル後方にラジ男がいた。そのままラジ男はなぜかわたしの最寄り駅までついてきた。

地下鉄からホームにおり立ち、周りに人がいなくなるのを見計らってから、わたしは彼に歩み寄った。

「あんた、嫌がらせでもしてるの？」

「君、俺のこと誤解してる」

「は？」

「だからちょっと、俺の話、聞いてよ」

ラジ男は消え入りそうな声でつぶやき、そのままとぼとぼとホームの端のベンチのほうへ歩いていく。その悲愴《ひそうかん》感の漂う様子がなんとなく気になったわたしは、彼の後についていき、隣り合わせにベンチに座った。

「俺さ、もう余命わずかなんだよ」

わたしはラジ男の白い横顔を凝視した。「寝言は寝て言えよ」

「いやマジだって。もしかしたら四十まで生きられないかもしれない」

彼は糖尿病の家系で、父親は三十代で透析治療をはじめて四十代半ばで亡《な》くなったそうだ。ほかにも親類の多くが若くして発症しているという。

「最近ずっと体調悪いし、そろそろやばいところまでいってそうな気がするんだよ。親父《おやじ》の闘病生活や若くして死んだときの記憶が俺にとってすげー強烈でさ。口に入れられるのは味のない魚とかそんなもんばっかで、毎日何時間も病院のベッドにはりつけにされて。親父はいつも『しんどいよ、しんどいよ』ってうめいていたよ。今の俺とそう変わらない歳でさ。努力とか苦労とかしたって、親父みたいに早死にしたら意味ねーじゃんっていつも考えちゃうんだよ。だったら、そのときやりたいことをやったほうがよくね？　人に頭下げたり、疲れているのに働いたり、家族のために貯金したり、バカらしくね？……俺、弁護士ってのはウソで実はラジオの放送作家やってんだけど、はじめはたくさんあった仕事も、最近全然なくなっちゃってさ。まあ、俺が遅刻とかしまくったせいなんだけど。あと、番組アシスタントの女子アナとセックスしたり。嫁さんにも逃げられたんだ。ある日、子供つれてどこかへいっちゃった」

「子供までいたの！　あんたって……」

「ま、でも、親父みたいな透析生活になる前には自分で死ぬつもりだし、だからこのままでいっかなーと思ってる。それまで好きなことだけやって生きてさ、一人きりで、めんどくさいことは一切なしで。まあ、子供に会えないのはキツいけどね……仕事も結構、楽しかったんだけどね。なんだかな、頑張れないんだよな。終わってるよね、俺」

「……」

「自業自得だって指摘はいらないよ。もう一億回ぐらい言われたから」

「だろうね」

「誰にだって、多少なりともハンディキャップがあるとかいう正論もいらないから」

「いや、わかる、その気持ち。わたしも同じだから。人生詰んでるの」

ハアとため息をつくと、空気が白く濁った。ラジ男が涙目でこちらを見ていた。

「わたしは健康だし、まだ死なないけど、でもわたし、人生詰んでるなーって本当に思うの。作家になって何年もたつのに、全然本が売れなくて、未《いま》だにバイトしてる。で、そろそろ原稿依頼も途絶えてきて、作家生活は風前の灯火《ともしび》。ほかにまともな職歴もない。おまけに何年たっても彼氏ができない。作家の友達はみんな仕事が順調でさ、連載ばんばん決まって、収入ガンガングイグイズンズン上昇して、で、みんな彼氏とか夫がいてさ。作家じゃない友達も、三十すぎるとみんなそれなりにいろいろ積み上げてる。会社で昇進したり、子供生んだり。仕事も私生活もどっちもグダグダなんてわたしぐらいなんだよ。いや、こうなったのはすべて自業自得だし、わたしよりもっと苦しい生活を送ってる人なんていくらでもいるだろうけど、でもそういうことじゃないじゃん？　わたしのつらさはわたしにしかわからないじゃん？　何やってもうまくいかないの、本当。もう三十二歳。やり直しできない。詰んでるよ。死んだように生きてるなって思うの、最近」

上り電車がホームに滑り込んできた。降りる人は一人もいなかった。

「なんでこんなにうまくいかないんだろう、わたし。このまま結婚もできず、小説の仕事もなくなっちゃったら、ラブホテルの清掃で生計たてる独居ババアになるしかないよ。いや、それは悲観しすぎとか、彼氏なんてそのうちできるとか正論言わないでね。もう何年も婚活してるのに、本当にぜんっぜん彼氏ができないの。絶縁体が仕込まれてるんだよ、わたしの体には」

「いや、わかる。君の気持ちはわかるよ。何やってもうまくいかないタイプっているんだよな。俺らがそうだよ。努力したって無駄なんだ。がんばっても無駄なんだよ」

今度は下り電車がやってきた。わたしはなんとなくその勢いで、彼の肩に頭をもたせかけた。

「俺らさ、案外気があうかもな。ソウルメイトってやつ？」

たくさんの人が降りてきて、ホームが騒がしくなり、でもあっという間にまた静まりかえる。底のない沼のような黒い夜空。ふいに、わたしたち二人だけ、誰もいない世界に置き去りにされたんじゃないかという気持ちになった。

「なあ、俺らさ、このまま付き合っちゃう？」

「いいねー」

「お互いに何も期待しない。ただそばにいる。それだけの関係。君は彼氏ができないというコンプレックスから解放されるし、俺は一緒に過ごす人がいないときに寂しさを紛らわせる方法を考えなくてもよくなる。どう？」

「いいねー」

「このまま二人で、死んだように生きよう。それが楽だよ」

「いいねー」

「……なあ」

「何？」

「さっきからさ」

「うん」

「向こうの階段のところに変な男がいて、泣きながらずっとこっち見てるんだけど」

わたしは彼の頭越しに階段のほうを見た。

山田だった。

「見えるの？」

「え、何見えるって。見えるって何」

ラジ男のパニックになりかけの半泣きの顔を見て、自分の失言に気づいた。「あ、なんでもないっす」

「何かさ、あの男、腹から血が出てるってか、内臓が出てる気がするんだけど、気のせいかなあ」

わたしはさっき電車に乗っていたときに、目が乾いてたまらず、使い捨てコンタクトレンズをはずしてしまっていた。裸眼だと、あいつの姿はぼんやりしたシルエットでしか把握できない。仕方なくわたしは立ち上がり、目を細めて焦点を合わせつつ、そろそろと奴《やつ》に近づいた。ラジ男の言うとおりだった。山田は腹から大量の血を流し、しかも腎臓《じんぞう》と思われる丸い臓器をボロンと露出していた。

「あんた、一体何のマネ？」わたしは山田に問いかけた。「バカじゃないの？　本当に大卒？」

ラジ男もそばに寄ってきて、わたしの腕にしがみついた。周りにはほかに誰もいなかった。

「お前ら、ふざけんなやっ」

山田がいきなりガラガラ声で叫んだ。隣でラジ男がビクッと震えた。

「俺はな、もう死んでんねんぞっ」

「見たらわかるよ、クソバカ」

「死んだように生きようとかな、ふざけたこと言うとったらのろい殺すでっ。俺はもう死んだように生きることもでけへんねん。死んでんねん。死んだように死んでることしかでけへんねん。おい、そこのお前っ」

山田は目から涙を、鼻から鼻水を、腹から血をだらだら流しながら、ラジ男をビシッと指さした。

「お前なあ、もっともらしい理由をつけてブチブチ言うてるけど、糖尿病？　四十までに死ぬ？　ホンマか？　ほんなら直近の血液検査の結果言うてみいや。俺、医者やねん」

ラジ男は何も言わなかった。

「どうせたいした数値やないんやろ！　お前はまだ死なへんわ！　ホンマに病気になってから病気を言い訳に使えや！」

「……」

「黙ってないでなんか言えや！……まあええわ。ほんでも、お前ももしかしたらいずれ親父さんと同じ道をたどることになるのかもしれん。そんとき、ホンマに一人でええんか？　家族にそばにおってほしないんか？」

「……」

「どっちがええねん‼　答えろや！　答えんとのろい殺すで！」

「か、えっと……」

「なんて⁉　なんて言うたの⁉　はっきり言うて⁉」

「家族にそばにいてほしいです」

「ならがんばれや！　死んでから後悔しても遅いねんぞっ！　病気とか関係ないねん。お前の生き方次第やねん。努力したって無駄やないよ。苦労もいつか報われるよ。そのことと病気は関係ないよ。お前が一番よくわかってることやろ？　ラジオが好きなんやろ？　頑張っとったら嫁さんもどってきてくれるかもしれへんやん。少なくとも今みたいなことやっとったらあかんで？　嫁さんと子供のこと、愛してるんやろ？」

山田は赤面していた。怒ってそうなっているのか、それとも愛などという言葉を口にして恥ずかしがっているのかわからなかったが、血を自在に流したり泣いたり鼻を垂らしたり、あげく赤面までして、この男は死んでいるのか生きているのか、本当に幽霊なのか、あるいは全《すべ》てがわたしの妄想なのかもしれない、わたしはもしかして一年前から意識不明の重体とかで長い長い夢を見ているだけではなかろうか、などと、山田の背後の暗い階段に視線を向けながらわたしはぼんやり考えていた。

「おい！　お前、人ごとみたいな顔してるブタ！　お前のことや！　おい、お前にも言いたいことがあんねん」

「ブタとかひどい……」

「ブタのことブタって言って何が悪いねん。ていうかそんなことはどうでもええねん。お前は……ホンマ……。何をグチグチ言うてんの？　二言目には、死にたいだのビヨンセの子供に生まれ変わりたいだの。挙句、俺と付き合いたいとかさ、頭おかしいんちゃう？　俺、死んでんねんぞ」

「わかってるよ」

「自分、前に、男に期待でけへんとかいうてたけどさ、本当は自分が自分に期待でけへんだけやん。ていうか、自分の人生に期待して、そのあと失敗するのが怖いだけやん。だから、どうせ本も売れへん、彼氏もできへんって端《はな》から諦《あきら》めたふりして自分を守ってんねやろ？　怖いんやろ？　失敗するのが。自分に期待をかけて、失敗するのが怖いんやろ」

最終電車のアナウンスが、どこか遠い遠いところから、風に乗って流れてくるように聞こえた。

「もっと頑張れよ。もっと自分に期待してやれよ。お前はもっとやれんねん。もっといろいろやれんねん」

「でも……わたしやっぱり、誰からも好きになってもらえない気がするんだよね。婚活なんかしたって、無駄っていうか。わたしも誰のことも、好きになれないっていうか」

「まだそんなこと言うわけ？　誰のことも好きになれないって、そんなわけないやん。お前は心がないんか？　心のない怪物なんか？」

「そんなことないけど、あの……」

「……ないけど、なんやねん」

「けど、あの、あんたのことが好きやねん！」

数秒、辺りを冷たい沈黙が包んだ。

「……ハア？　なんで急に大阪弁？」

「そんなことどうでもいいやん！　ていうか、本当にそんなことはどうでもよくて、その、だから、誰かと二人でご飯とか食べにいっても、なんか気づくとあんたとした会話のこととか思い出しちゃうの。ブタとかバカとかヤリチン糞野郎とか言い合ってただけなのにさ。風間杜夫のモノマネとか、ほんと、超くだらないとしか思えなかったのに」

「一体何の話をしとんねん」

「だからさ、自分でもよくわからないけど、毎日あんたのこと考えちゃうの。わかってる、片思いだって。わたしはただの都合のいい女なんでしょ？　ほら、結局誰かのことを好きになっても、その人はわたしのこと好きにはなってくれないんだよ。いつもそうなの。わたしやっぱり何をやってもうまくいかないの」

話しているうちに涙がこみ上げた。けれど涙より先に鼻水があふれ出てきた。あっという間に鼻が詰まってしまい息が苦しくて仕方がないので服の袖《そで》で鼻をぬぐったら、また鼻水がブルーンとのびてラジ男がうわっと声をあげた。

「もう自分でもイヤになる。なんで無駄な片思いばっかしちゃうんだろ。結局さ、自分のレベルがよく認識できてないってことだよね。自分に釣り合わない人ばっかり選んじゃうだけだよね。でもさ、あんたなんてよく見たら出っ歯で馬面《うまづら》で大分変な顔してるしさ、うんこレベルで性格最低だしさ、正直病気になっても絶対にあんただけには診てもらいたくないとしか思えないしさ、そもそも死んでるからあんたの唯一《ゆいいつ》のとりえである医者という職業も全く無意味なんだけどさ……けどさ、最低のクソ男でも、わたしにとっては知らない間にそうじゃなくなってたっていうか、その、とにかく……」

「なんや」

「もう死んじゃってるなんて……認めたくないいいいいいいいいやだよおおおおうおうおうおうおうおうおうー」

自分でも信じられない獣じみた咆哮《ほうこう》が口から漏れた。鼻水がまたあふれてきて呼吸が途切れ途切れになり、それでも嗚咽《おえつ》がとまらなくてわたしはオウフッオウフッとか言いながら膝《ひざ》に手をついてただじっと山田を見た。山田は無表情のまましばらくわたしのことを見ていたけれど、ふいにぼそっと「バルタン星人やん」などと言うので今度は笑いがこみ上げてきてわたしは笑ったらいいのか泣いたらいいのかわからなくなってパニック状態、いよいよマジで呼吸ができなくなり、苦しさのあまりホームの上に冷凍マグロのように転がった。

「なんやねん。お前だけやん、爆笑してんの」

そのまま冷たいコンクリの上にうずくまり、深呼吸を繰り返して必死で息を整えた。ハアハアハアとわたしの変態じみたあえぎ声が夜更《よふ》けの駅にこだましていた。

ごろんと仰向けになったと同時に、あ、と思った。ホームの屋根の下に五十羽ぐらいのハトがビッチビチに並んでいた。あー、いつかどこかで見た景色。あのときもわたしは泣いていた。なんで泣いてたんだっけ？　思い出せない。すごく悲しかったんだと思うのだけど。今はなんだか妙にすっきりしていた。わたしはまた山田に自爆をかましてしまった。しかし、後悔はしていない。

息が落ち着いてきたので、ラジ男にチラッチラッと視線を向けてみたものの助け起こそうとする気配はみじんもなく、わたしは一人静かにゆっくり起きあがった。

「で、それで？」わたしは言った。「今のわたしの告白に、何かコメントは？」

「……俺は、おま……南さんのこと、好きになったことは一回もないぜ。正直、都合のいい女だからさー。期待させるようなこと言ったのは、ただ都合よく利用したかっただけだぜ。生きてたときも、死んだあとも」

「なんで急に標準語になったの？」

山田はまた黙り込んだ。でも顔を見て、わたしは全てを察して、だからもう何も言わなかった。

「と、とにかく、俺はお前とは付き合うことはでけへん。結婚もでけへん。諦めてくれ」

「わかった」

「でも、もっと好きになれるええ奴が絶対おるから。誰かが、おるから。根拠はないけど、そうやって希望を持ってやっていくしかないんや。誰かと一緒に生きていきたいんなら、これからはなりふり構わず頑張れや。今みたいに、自分の気持ちを相手に押し付けてええねん。ただ、焦るな。焦《じ》らすな。相手のペースを考えろ。そして、絶対に途中であきらめるな。最後まで貫けや」

わたしはこっくりとうなずいた。気づくと、山田がまた涙を流している。

「死んだように生きるとかアホなこと言うてたらあかん。生きてるように生きろや、このクソバカ女！」

山田はわーっと大声で泣き叫んだ。同時に電車が滑り込んできて、全ての音に泣き声がかき消された。終電とは思えないほど大量の人が降りてきて、わたしとラジ男は人波にくるくると翻弄《ほんろう》された。そうして人の流れが落ち着く頃、わたしたちは山田の姿が消えていることに気づいた。

第六話　お見合い戦争

街はもうすっかり正月ムードが去り、勤め人たちはいつも通りの疲れた顔で駅に向かって歩いている。わたしは仕事を終えてバイト先のビルを出ると、少し遠回りして、近くにできたばかりの持ち帰り専門の寿司《すし》店に寄り、特上寿司を二人前買った。辛《つら》く苦しい年末年始休暇を乗り越えた自分へのごほうびだ。今年は何をとちくるったか、高校時代の友人の集まりに顔を出してしまった。

家に帰ってくると冷凍してあった油揚げで味噌汁《みそしる》をつくり、二種類の特上寿司計二十四カンのうち、好物のネタ十五カンをピックアップして残りをいさぎよくゴミ箱に捨て（主にイカ類。あと巻物。もったいないお化け？　そんなもんしらね）、パソコンの前に並べてネット上に違法アップロードされた年末年始番組を見ながら食べた。

年末年始番組はちっともおもしろくない。味噌汁は少ししょっぱかった。でも寿司はとてもおいしい。それでいいじゃないか。おいしいご飯を毎日食べられる幸せ。先のことを考えて不安になるのはもうやめよう。うまくいかない人生にくよくよするのももうやめよう。明日も寿司を食べて明後日《あさって》は一人で焼き肉を食べにいこう。それでいい、それでいいのだ。

……来年の今頃も、わたしは二人前の寿司を一人で食べているのだろうか。去年の今頃そうだったように。

だんだん、口に何を入れても味がわからなくなってきた。寿司を食べているのか、粘土でも嚙《か》んでいるのか……。

残りを一気にほおばり、味噌汁と一緒に流し込んだ。そのまま、片づけもしないでベッドの中にもぐりこむ。

ああ。

思い出したくない思い出が、頭の中で勝手に再生されてしまう。

昨年末、わたしは懲《こ》りもせずまた合コンにいってしまった。

一人、いいなと思う人がいた。それほどタイプだったわけではない。ただ、合コンの間ずっと隣同士で座り、話もかなり弾んでいた。ような気がしていた。「今度、銀座で焼き肉食べましょう」とも言われた。合コン後、向こうから連絡があるはずだとわたしは信じていた。いや、確信していた。

しかし、なかった。

それどころか年があけてすぐ、幹事のT美さんから、同じ合コンに参加していた別の女性とその彼がめでたくお付き合いをはじめたことを知らされた。その女性はわたしと彼の会話がもりあがっている横で、彼のふとももをさすったり、こっそり手を握ったりしていたのだそうだ。そんな肉弾攻撃に、彼はあっけなく撃沈したのだ。

わたしはただ、戦いに負けたのだ。

今回の件で、婚活をはじめて以来、わたしはずっと競《せ》り負け続けてきたのだな、と気づいた。一人の男からダメの烙印《らくいん》を押されたとき、同時に別の女が彼の合格判定を勝ち取っている。なぜ、わたしはいつまでたっても合格判定を得られないのか。

その理由の一つに、勝負弱さがあるのかもしれない。

思えば、わたしは子供の頃から何かにつけ勝負弱い。とにかく一等賞というものには無縁の人生だ。何より、勝つことに対する貪欲《どんよく》さが足りないのだと思う。「そりゃ勝てたら嬉《うれ》しいけどー、負けたって死ぬわけじゃないしー」みたいなことをすぐ考えてしまう。子供時代、大人からさんざん「あんたはやればできる子」と言われながら、わたしは最後まで「やらない子」だった。

結局、その勝負弱さも、自分に期待をかけることから逃げている証《あかし》なのだろう。敗北者になるのが怖いから、勝負を避けてしまうのだろう。

ピンポーンとインターホンが鳴った。

とりあえず、無視した。またピンポーンと鳴った。ドアホンモニターには何も映っていない。わたしはインターホンの電源を切った。

すると、玄関のほうからガチャリと鍵《かぎ》の開く音がした。やがて、外側に開くはずの部屋のドアが内側にスーッと開き、姿を見せたのは。

山田だった。

「なんでそんな回りくどい入り方してくんの?」

「ちょっとな」そうつぶやく山田は、いつになく神妙な顔をしている。この間のわたしの告白のせいで、気まずさを感じているのかもしれない。

「あの、この間のことなら、気にしないでいいよ。わたしもうふっきれ——」

「ニュース見た?」

「……見てない。うち、テレビない」

「G子の判決が、昨日出たんやけど……」

しばらく考えて、思い出した。G子とは、山田を刺殺した看護師の名前だ。

「へえ、あんた、彼女のこと気にかけてたんだ」

「ていうか去年、自分がサイト活動しとったときな、実は俺、毎日G子に会いにいっててん」

なんだか山田の様子がいつもと違う。少しドキドキしてきた。

「俺を成仏《じょうぶつ》させるためのもう一つのコマって、あいつのことやってんけど。あいつ、俺と全然しゃべろうとせえへんの。俺のことは見えてるはずなのに。あいつとした最後の約束が何やったのか思い出せへんから、教えてくれって頼んでも無視やし。それさえ教えてくれたら、それを俺にかなえさせてくれたら成仏できんねん、だから頼むって土下座までしたんやで？　でもあかんかった。

けどな、一昨日《おととい》、判決が出る前日やったからか、あいつ珍しくめそめそ泣いとって……だから、朝までそばにおった。こうなってから、俺、なんか居づらいから、あいつのところにいってもすぐにまた逃げてばっかりやった。どうせ無視するし。そしたら、朝になって、あいつはじめて俺の目を見て『ありがとう』って言うねん。『なんで』って聞いたら、俺が死ぬ前に最後にした約束は『次は朝まで一緒にいること』やったって。ていうか俺、あいつを呼びつけるたんびに『次は朝までおらせたるわ、だから今日はもう帰って』言うて、夜中でもかまわず部屋を追いだしてたんやって……全然覚えてへんのやけど。でもまあ、確かにあいつを部屋に泊めたことはなかったと思う。『わたしのこと好き？』ってうるさいから、長時間一緒におるのがイヤやったし」

「あんた……わたしとだって朝まで過ごしたことあるのに。そら、刺されて当然だわ」

「そんなことはどうでもええねん！　お前、重大なことに気づかへんか？」

「別に何も」

「俺はもういつでも成仏できんねんぞ！　G子との約束を果たしたんやから！　お前はもう用済みやねん！」

「あ」

「これから先は、一人でやっていかなあかんのやで？　わかってる？」

「もしかして、お別れを言いにきたの？」

山田はしばし沈黙した。「それもある。でも他の用もある」

そう言って、開きっぱなしのノートパソコンを指さした。

いつの間にか、見覚えのないサイトが表示されている。それは、中部地方のとある自治体が主催しているお見合いイベントに関するサイトだった。

「代わりに応募しといたで」

「応募しといたって……」

「メールボックス見てみ？　迷惑メールのほう。上から十三番目」

大量のDMにまぎれて、その自治体の地名が入ったアドレスからのメールが届いていた。中身を見てみると、明後日から開催される予定のお見合いイベントの参加要項だった。

「いや、去年な、どうせサイト活動なんかやってもうまくいかへんやろうしと思って、保険のつもりで代わりに申し込みしといたんやけど、今の今まで忘れとった。一応、審査があって、それに自分は合格したらしいで。だから参加できんねん。よかったな」

「はあああああああ？　あんた勝手に何やってくれてんの？　バカじゃないの？　こんなのいくわけないじゃん。ていうかさ、ここって要するに漁師町じゃん。相手は漁師ばっかりだよ。わたし、ここまでがんばった挙句に漁師と結婚するなんて……なんかやだ」

そう文句を言いつつも、正直まんざらでもない気持ちだった。実は前々からこの手のいわゆる嫁募集系のイベントには興味があったのだ。通常のお見合いパーティは長くても二、三時間。目当ての女性の連絡先を教えろとスタッフに詰め寄る変なおっさんなどを見かける程度で、たいした事件はおこらない。嫁募集系は泊まりで行われることも多く、参加者たちと長く濃密な時間を過ごすことになる。予想もつかないドラマが見られるのではないかという野次馬的な期待半分、小説のネタになりそうだという下心半分。マジで漁師の嫁になりたいという気持ちはゼロ。

いや、しかし。もしかしたら土地持ちのおぼっちゃんとか混じっているかも。しかも中部なので実家からさほど遠くない。仙台よりはずっと東京に近い。

「とにかくね、わたしはこんなものには絶対いきませんからね」

「とか言いながら、すでにスマホで新幹線の時間調べてるやん」

「……」

「あんな、わかってると思うけど、男の参加者は全員地元の人間やねん、嫁募集やから。でな、このお見合いパーティは結構宣伝に力を入れとるらしくて、新聞なんかにも取り上げられたから、結構な数の応募があったみたいやねん。女の数が大分多いかもしれん」

「え……それはイヤだなあ。なんか、急にすごくいきたくなくなってきた」

「いや、これはええ機会やと思う」山田は突然、ベッドに仁王立ちして言った。「人生、いつまでも勝負事から逃げ続けるわけにはいかんのや。婚活は競争や！　戦争や！　それを体感して、一回り大きくなってこい！」

「えー。うーんでもなあ」

「そんなわけで、俺はもういくから」

「いくってどこへ」わたしはパソコンに向き直り、お見合いイベントのサイトを流し見しながら聞いた。ふむふむ。どうやら会員登録をすれば、男性参加者の顔写真やプロフィールを見られる仕組みになっているらしい。その上で結構な数の応募があったということは、それだけイイ男が揃《そろ》っているということではあるまいか。

山田の返事がない。

わたしは振り返った。

山田は貴乃花《たかのはな》親方（平成の大横綱）みたいなすがすがしい笑顔でベッドの上であぐらをかいていた。なぜか後光が差している。そのシュールな光景に、わたしは思わず「ぶははは」と笑ってしまった。

「何、笑《わ》ろてんねん、デブ」

「え、ていうか何？」

「彼氏と温泉行くまえに、頑張ってダイエットしいや。背中のデブ線バレたら、ふられるで」

次の瞬間、山田はふわりと浮きあがった。そして両腕をねじりながら頭の上でそらし、片足を膝《ひざ》から曲げるというヨガみたいな謎《なぞ》のポーズで出窓から外に出ていき、夜空を高くのぼっていく。

高く、高く。

「お前よりはやくビヨンセの子供に生まれかわってやるからな〜」

その言葉を最後に、一瞬キラーンと光って、そのまま消えた。

窓を閉め、カーテンを戻し、パソコンの前に座って、ふいに泣きそうになり、でもわたしは泣かなかった。


そして翌日、わたしはバイトをズル休みして午後の新幹線で中部地方某県の某駅に向かった。集合が明日の朝十時とはやいので、自分でホテルをとって前乗りすることにしたのだ。お見合いパーティは二日にわたって行われる。明日は主催側が用意した宿泊施設に女性参加者全員で泊まり、明後日のパーティ終了後、駅で解散というのが予定されているスケジュールだった。

その晩は、あまり眠れなかった。神経が逆立っているような感じがして落ちつかず、持参したタロットカードで占いをしまくったりして明け方まで起きていた。そして、寝坊した。起きたら出発まで十五分しかなかった。しかしどうしても朝食は抜きたくなかった（そのホテルは朝から刺身食べ放題）ので、洗顔と歯磨きだけして、寝ぐせだらけの髪は防寒用に持ってきたニット帽（クリスマスにもらったJ子の手編み。毒々しいショッキングピンク地にワイン色で超デカく『ＡＹＡＫＯ』の文字が入ったもので、『スーパーとかによくいる奇声を発しながら歩いているおばさんがかぶっていそう』が制作コンセプトだそうだ）で押さえつけて部屋を出た。

朝食バイキングは刺身のほかにも新鮮な魚介料理がもりだくさんで、港町に嫁ぐのも悪くないかなと三秒ぐらい考えた。そして時間より少し遅れて集合場所に到着し、わたしは思わず「うわあ」と声を出してしまった。

バス二台分というその数にも驚いたが、気合マックスに着飾った女性達から立ち上る熱気が尋常でない。熱気というか、匂《にお》い。化粧品と整髪料と汗の混じった独特の匂いが周辺に結界のように立ちこめていた。年齢幅はかなり広い。下はもしかすると十代、上は四十代に見える人が五人以上。

バスに乗り込んですぐ、女性達はいきなり化粧を直しはじめた。誰もがまるでメデューサのような眼で鏡をにらみつけ、粉をはたいたり髪の分け目を一本一本神経質に分けたりしている。

すでに、戦いははじまっているのだ。

周りで交わされる会話を聞く限りでは、女性達はあらかじめターゲットを決めて参加しているようだ。実はわたしは男性参加者のプロフィールや顔写真を一切チェックできていなかった。応募のために山田が会員登録をしてくれたはずだが、パスワードがわからなかったのだ。よほどいい男でもいるのだろうか？　どちらにしろ、とてもわたしは同じところまでテンションをあげられそうにない。それでも、さすがにスッピンのままで参加するのは気がひけたので、申し訳程度に化粧をしはじめた。

が。

さっき食べた朝食の消化活動がピークに近づいてきた。手に持った眉《まゆ》ペンと手鏡が岩のように重い。ちょっとだけ、ほんの三分、目を閉じよう。

次の瞬間、乱暴に肩を揺すられた。瞼《まぶた》を開けると、髭《ひげ》の剃《そ》り跡が喉仏《のどぼとけ》まで伸びている小汚い男の顔が目の前にあった。

「起きてください。着きましたよ」

はっとして手鏡を見た。右頰にべったりと白いよだれのあとがついていた。

中学校の体育館がお見合いイベントの会場になっていた。男性二十六名に対し、女性は五十名もいるらしい。地元のボランティアの人たちがたくさん集まっていて、まさにお祭り騒ぎ。地元メディアの取材もいくつか入っているようだった。

まずは男女それぞれ向かいあって一列に並び、「ごたいめ〜ん」的なことをさせられたあと、一人あたり五分ずつ一通り会話していく、一般のお見合いパーティでいうところの「自己紹介タイム」と同じイベントが行われた。一般のパーティと違うのは、男性は着席したままで、女性が席を移動していくことだった。要するにここは男性優位の世界なのだ。一人目の男性はわたしが正面に座るなり、「あ、爪《つめ》に何も塗ってない。合格」と言い放った。四十二歳の漁師だそうだ。二人目の男性も同じく漁師の三十八歳、ニヤニヤしながらずっと、二十代の肌はいかに水をはじき、三十代以降はいかにブヨブヨであるかを語っていた。もうあと少しで「死ね」と声を出すところだった。本当に危なかった。今朝のあの素晴らしい刺身食べ放題を思い出し、もしかしたらあの魚たちは彼が今朝早くに海に出てとってきてくれたのかもしれないじゃないかと自分に言い聞かせてなんとかこらえた。

そんな中「おっ、これは……」と思える男性が二人いた。どうやら、女性達のほとんどが、その二人のうちのどちらかを目当てにきているようだった。

おそらく断トツの一番人気なのが、仮名・ダル男。年齢は三十五歳。地元を拠点に全国展開する食品メーカーの御曹司《おんぞうし》。バツイチだが子どもはいない。顔がダルビッシュ有《ゆう》にそっくりで、しかも身長も百九十センチ近くある。一瞬、本物かと見紛《みまが》うほどだった。

もう一人は、仮名・セコム。三十四歳。私立女子高の英語教師。若い時の長嶋茂雄にちょっと似ている、昭和のハンサム系。背はそれほど高くないが、学生時代は投擲《とうてき》競技の選手だったそうで、引き締まった体つきに浅黒い肌が漁師たちより漁師らしく見えた。人見知りで無口。彼女いない歴十年。女あしらいのうまい優男《やさおとこ》のダル男とは好対照。

ちなみにこのセコム、思い上がりでなければ、わたしに好印象を抱いた様子だった。好きなタイプが色白でぽっちゃり、そしてよくしゃべる女性だという。わたしはその全てに当てはまる。

そしてこの二人にはやや劣るが、わたしの中では一推しなのが、仮名・二岡《におか》。二十八歳。市場勤務。元読売ジャイアンツ内野手の二岡似。本人にそう伝えたら「はじめて言われました」と驚かれてしまった。わたしはそっくりだと思ったのだが、この地域の人とは感性が合わないのか、それともみんな野球に興味がないのか。そんなことはともかく、わたしはあの手のさっぱり系の顔が好みドンピシャで、彼を見た瞬間、一目ぼれに近いものを感じてしまったのだが、好意があからさますぎたのか、話しはじめて三十秒で「俺、年下がタイプっす」と言われてしまった。

全員の顔合わせが終わると、少しの休憩をはさんでフリータイムとなった。進行役のスタッフがホイッスルを吹きスタートが合図された瞬間、女性達はサバンナのヌーのようにものすごい勢いで走りだし、ダル男とセコムの周りにあっという間に人だかかりができた。

そのほかに数組、男女のカップルがちらほらと目につくものの、ほとんどの男は誰からも相手にされずあぶれていた。彼らはまるでアオカン中のカップルでもながめているかのようなネロネロしたいやらしい目つきで、イケメン二人に群がる女性たちを見ていた。これが婚活というものなのだ、とわたしはしみじみ思った。百人の女を集めたって、そのうち九十五人はランキング上位のイケメンを確保することしか考えない。よりよい種を得たいというのは女の本能なのか？

そんな光景を前に、わたしのやる気メーターはマイナス方向に振り切れた挙句、火が出てぶっ壊れた。正直、二岡がダメならセコムと話してみたいと思っていたのだが、たった数分彼と話すためだけに、ラーメン屋みたいな行列に並ぶ気にはなれなかった。わたしにはこの戦場を戦い抜く意地も根性も体力もない。あー、家に帰りたい。家に帰ってペヤングでも食べながら……。

「おー、久しぶり」

目の前に突然現れた男の顔を見つめたまま、わたしは固まってしまった。彼をしっている。どこで出会った何者か、すぐに思い出した。

小池だ。お料理合コンにきていた小池。「童貞。」とでっかく書かれた史上最低Tシャツを着ていた、小池。

「何してるのー？　こんなところで」

わたしは何も言葉を返せなかった。確かにわたしたちは顔見知りではあるが、ほんの二時間ほど一緒に料理した程度にすぎない。なぜ、こいつは旧知の仲みたいに話しかけてくるのか。相変わらず髪の毛は陰毛だし、今日は右胸のところに無駄にかっこいい書体で「ウェットティッシュ」とワンポイントで書かれた前にも増して意味不明すぎるTシャツを着ている。

「南さん、なんか前と雰囲気違くない？　なんで今日はそんな小汚……えっと、とりあえず何その帽子。ウケ狙《ねら》い？」

「いや……そんなことはともかく、小池さん、何してるの？」

「何してるって、結婚相手を探しにきてるの。南さんも？　偶然だね」

「え？　でも、さっきまでいなかったよね」

「うん。今きた。寝坊して遅刻した。こんなはやい時間に起きられないよー。昨日の晩さ、急にペヤング食べたくなってチャリとばして買いに行ったんだ。で、コンビニでお湯も入れてもらって、三分待ってお湯を捨てようとしたら、ソース色のお湯が湯切り口から流れてきてさー。店員よけいなことすんなよー。ソースは湯を切ってからだよー。で、ショックで眠れなかった。でさ……」

相変わらずよくしゃべる男だ。その後の話の流れから、小池がこの港町出身であり、今はもう東京には住んでいないらしいことがわかってきた。

「あっ小池さんだっ」どこかで女の叫び声がした。

次の瞬間、ダル男とセコムの前に列を作っていた女たちが、一斉にこちらに向かって駆けだした。そしてあっという間に小池を取り囲んで、そのままワッショイワッショイとみこしみたいにしてどっかに連れていってしまった。

夕方前にフリータイムは終了し、わたし達はバスで宿泊先のホテルへと移動した。チェックインの手続きが終わると、三名ずつ部屋に割り振られた。わたしは横浜からきた仮名・オカメと、わたしと同じ名古屋出身の仮名・ジュリーと同部屋になった。

オカメは二十八歳。職業はトリマー。オカメ顔。実はわたしはフリータイムのとき、このオカメに注目していた。ダル男やセコムには一切目を向けず、男性参加者最年長の五十二歳の喫茶店店主とずっとツーショットだったのだ。オカメのほうが追いかけまわしているような感じだった。

「え、なんか、優しくて思いやりのある感じが伝わったから。わたし、年齢とか顔とか、ほんとどうでもいいの」オカメはすべてを包み込むような超然とした笑顔で言った。

ジュリーは三十五歳。愛知県の某有名企業の契約社員。高級ホステスのように着飾っているが、なぜか男性たちがいないところではパナマハットを深くかぶって顔を隠していた。

「わたしはもう、ダル男さん一本狙い。セコムさんもいいけど、やっぱり御曹司って言葉の魅力には勝てないわ」

ジュリーは部屋でたった一つの鏡台を占領し、コテで髪を巻き直していた。夜は公民館で全員参加の宴会が行われることになっていた。

「で、南さんは誰狙い？」ジュリーが聞いた。

「いや……わたしはとくに」

「でも、小池さんと仲良さげに話してましたよね？」とオカメ。

「いいじゃない。小池さん。彼も御曹司でしょ」

「え？　そうなんですか」

「そうよ。南さん、ほんとに事前情報、チェックしていないの？　彼のご実家は有名な味噌メーカーで、かなり儲《もう》かってるらしいわよ」

なるほど。だからあんなに女たちがたかっていたのか。

「彼と結婚できたら、左団扇《ひだりうちわ》の生活が待ってるんだからね。お互い、気合い入れてがんばりましょう。協力しあいましょうね」

その後、身支度のためにシャワーを浴びながら、わたしはこれからのこと、そして小池のことを少し真剣に考えてみた。

ジュリーの言うとおり、小池との結婚が決まればまさに玉の輿《こし》。この一年間の婚活で出会った人の中で、一番のお金持ちかもしれない。ここがわたしのがんばりどころなのだろうか。

とにもかくにも、知人であるという時点で、他の女性たちより一歩リードしていることは明白。そして、さっきあんなふうに話しかけてくれたということは、少なくとも彼はわたしに対し、悪い印象は持っていなかったということでもある。

今度こそ、わたしは逃げずにこの戦いに立ち向かうべき……なのか？

シャワーを浴び終わると、ジュリーがコラーゲンドリンクを買いに出ていった。その隙《すき》に、彼女が出しっぱなしにしていた高級ブランドの化粧品をいくつか勝手に拝借した。

宴会は公民館の研修室を利用して行われた。四十畳ほどの和室が二部屋あり、男性達はすでに二手に分かれて待機していた。あとから来た女性達が、自由に好きなほうを選んで入室するというルール。セコムとダル男が別々に配置されていたので、人数が偏《かたよ》ることはなかった。

わたしは当然、小池がいるほうの部屋を選んだ。そっちの部屋にはジュリーが狙っているダル男と、オカメが狙っている喫茶店店主もいたので、彼女たちも同部屋になった。

テーブルには豪華絢爛《けんらん》な魚介料理が並んでいた。男性側のリーダー役の音頭《おんど》で乾杯が唱和されると同時に、席取り合戦が勃発《ぼっぱつ》。女性達は屈強なアメフト選手のごとくダル男の元へ突進した。

わたしもあわてて小池に駆け寄った。が、焦《あせ》る必要は全くなかった。小池には誰も近づこうとしなかった。

「えーっと、なんで一人?」おずおずと彼の隣に座りながら、わたしは聞いた。

「こいつねー、バカなんだよ」

小池の横から、髪の長い男が顔を出して言った。彼は確か、釣り道具屋の息子ではなかっただろうか。

「フリータイムのとき、家業継がないって宣言しちゃったんだよ。東京で月収十五万のデザイナー続けるって。しかも親に勘当されてるから、遺産も相続できないなんてことまで言っちゃった」

「あー、それは……女は逃げるわね」

「別にいいけどね。うちの家業につられて言い寄ってくる女なんて、こっちから願い下げだし」小池は生ゴミでも見るような目でダル男を囲んでいる女性たちを見た。

「ハイエナだよ、アレは」

「それってさ、踏み絵的な作戦で家業継がないって言っただけで、本当は継ぐってパターンなんでしょ？　肩書きじゃなく、自分の中身を見てくれる人を探そう的な、その、作戦で……」

「いや、違う」小池はきっぱり答えた。「もう来月には東京戻るし。今回はじいちゃんの調子が悪いって聞いたから帰ってきただけだよ。でも、もう元気そうだから」

「じゃあ今日は何しにきたわけ？　だってこれは嫁募集のイベントでしょ？　冷やかし？」

「冷やかしじゃないよ。まあ確かに、主催に一枚嚙んでるツレに、おまえが来ると盛り上がるからって頼まれたってのもあるけどさ。いい人がいればいいなと思ってきたよ。俺、前のお料理合コンも結構真剣だったんだよ。彼女、ほしいもん。南さんこそ冷やかしでしょ？」

「ちーがーいーまーすー。真面目《まじめ》にやってますー」

「で、いい人はいたの？　今のところ」

「別に」わたしは答えた。「なんかさ、こうして見ると若い子が結構多いよね。それだけでやる気なくすわ」

「なんで？」

「だって、二十代の子と勝負しても負けるに決まってるしさぁ」

「俺、そういう考え、全然わかんない」小池は妙に力を込めて言った。「何歳だからもうダメとか、自分で言うから魅力がなくなるんだよ。何歳のときにだって何歳の相手とでも恋愛できるんだからって考えたほうがいいよ」

「自分はどうなの？　年齢は気にしないの？」

「もちろん。好きなタイプはオールジャンル」

そういえば、お料理合コンのときも同じことを言っていたなと思った。あのときはどうとも思わなかったが、今は妙にジーンときてしまった。この人は人の気をひくために言っているのではなく、きっと本当にそうなのだ。わたしは小池のことを信用できる男だと思いはじめていた。

「ねえ、そんなことより、俺がデザインした面白Tシャツ、見る？」

小池はバッグからアイパッドを取りだし、自分がデザインしたTシャツやイラストを見せてくれた。

彼がデザイナーとして、あるいはイラストレーターとしてどれぐらいの才能があるのかは正直よくわからなかった。が、彼としゃべっているのは楽しかった。なんとなく、リズムが合うというか、波長が合うというか。しかし……月収十五万のデザイナーかあ……うーん……まあ、今回は収穫ナシってことでいいかなあ。とりあえず、今夜はおいしいご飯をたらふく食べて帰ろう。わたしは小池との会話を適当に切り上げると、白飯に刺身を載せ、ミニ海鮮丼《かいせんどん》をつくりはじめた。

その即席ミニ海鮮丼をガツガツかっ込んでいると、頭上から声をかけられた。隣の部屋にいるはずのセコムだった。

「あの、南さんですよね」

「あの、よかったら少し外に出て話しませんか？　二人で」

とっさに反応できず、飯と刺身で頬をふくらませたまま、なんとなく小池を見た。こちらには全く関心のなさそうな様子で、アイパッドでまとめサイトを見ながら「ワロス」などと言っている。

やはり、こいつはダメだ。

「もうみんな、自由に外出たり、二次会いったりしてます。あの、少しでいいので、お話できませんか？」

わたしたちは公民館を出て、向かいの広場のようなところにあるベンチに腰掛けた。セコムがカイロとブランケットを公民館から持ってきてくれたので、それほど寒さを感じずに済んだ。

彼は緊張しているのか、しばらくの間何も言わなかった。仕方なくわたしは「宴会、どうでした？」と水を向けた。

「宴会？　いやあ……大変でした」

女たちに囲まれて大変だったのかと思ったら、どうもそうではないらしい。隣の部屋にはこのお見合いパーティの主催に関わっている青年団の関係者が何人かいて、彼らが酔っぱらって女性参加者にセクハラするわ、運営スタッフと揉《も》めるわで大騒ぎだったのだそうだ。

わたしの記憶が正しければ、男性参加者の中に、青年団の幹部だと自称する男が三人ほどいた。全員、腐った魚で頬をペチペチ叩《たた》いてやりたいような態度だった。

「俺、今日のフリータイムのとき、できればもっと南さんとお話ししたいなって思ってたんです。あの、なんていうか、こんなこと言うのアレですけど、好みのタイプなものですから。ピンときたというか、ときめいたというか。でも、なかなか声をかけにいけなくて。その……他の女性たちに、囲まれちゃって」

それから、セコムは仕事のことや実家のことなど、保険の外交員みたいな口調で話しはじめた。内容はかなり具体的、というかほとんどお金の話だった。年収は約六百万円で、貯金額は約一千二百万円。父親は駅前にアパートとマンション、駐車場をいくつか所有しており、いずれは一人っ子の自分が相続すること。要は、自分をわたしに売り込んでいるのだ。

しかし、ぶっちゃけ。

つまんねえ。

あーつまんねえ、つまんねえ。クッソみたいにつまんねえ。

「お前つまんねんだよ、このセコム野郎」と言えたらどんなにすっきりするだろう。いや、話の内容がつまらないのではない。引っ込み思案な彼が勇気を出してアプローチしてくれたことは心からうれしかった。しかし、ピンときた、ときめいたという言葉に、冷ややかなものを感じてしまったのだ。

なんだかそれって、あまりにあやふやすぎないか？　だって彼とわたし、さっきから全然話がかみ合ってないし。ちゃんとわたしのこと見てる？　知りたいと思っている？

……ていうか、ほんの少し前のわたしだって、ピンときただのこないだの、ときめきがどうのとブツブツ言っていたくせに、どうして今になって同じことを言っているだけの彼を責めるようなことを考えてしまうのか。……でも、なあ、うーん。つい、山田のことを思ってしまう。山田が恋しいのではない（いやそりゃ少しは……だけど）。あの年の瀬の夜、駅のホームで彼に告白したとき、確かなものを感じた。誰かと一緒に生きていきたいという気持ち。それはピンだのポンとかいった擬音でしか表現できないものではなくて、ましてときめきなどといった一瞬で消えてしまうはかないものでもなくて……。

そのとき、広場の入り口のほうから、聞き覚えのある女の声が聞こえた。オカメだ。背の高い男と連れだってこちらに歩いてくる。あの喫茶店店主はやめて、ターゲットを変更したようだ。二人は空いていた隣のベンチに座った。と同時に、相手の男が小池だということにわたしは気づいた。

そしてわたしは、自分でも戸惑うほど、そのことにショックを受けていた。

え？　何この感じ（笑）なんか胸が痛いんですけど（笑）いやいやいや、ないから

（笑）嫉妬《しっと》とかないから（笑）いやもう本当、（笑）とかつけないとてもじゃないが自分の中で折り合いがつけられない。しかも、小池はさっき見ていたまとめサイトの話をしていて、それはわたしも好きでよく見ているサイトだった。

こんな話をネット上でなく生身の人間相手に、しかもお見合いパーティでしている男になど会ったことがない。普段のわたしだったら確実に軽蔑《けいべつ》しているはずなのに、なぜか今、わたしは二人の会話に混ざりたくて仕方なかった。いや、彼と二人きりで話したい。まとめサイトに対する思いの丈をぶつけたい。わたしはセコムの一人語りそっちのけで、小池たちの会話に耳をそばだてた。小池の言葉のチョイスがいちいちツボで、何度も吹きだしそうになる。

気づくと、セコムはいなくなっていた。

一人になっても、わたしはその場から動かなかった。小池は相変わらずしつこいぐらいまとめサイトの話をしていたが、オカメに促され、家族のことをちらほらと語り出していた。

「親とは正直、あんまりうまくいってない」小池は少しさみしげな声になって言った。「父親はいわゆる仕事人間。俺が生まれてから今まで父親と会話した時間、トータルで一時間もないかも」

それに対し、オカメは小さな声で何か言い返した。どうやら小池の仕事のことを聞いているようだった。

「みんなに言われる。なんで家業を継がないのかって。『逃げるなよ』なんて言い方する人もいるけど、そういうことじゃないんだ」

わたしはもうベンチの端に尻《しり》だけのせた状態で、彼らのほうに大きく身を乗り出していた。

「人生ってお金とか成功より、もっと大事なものがあると思う。俺にとっては人とのつながりっていうか、そっちのほうが大事だから。人生で一番大事なのは、人間関係だよ。今、俺はデザインの仕事でつながった人たちとの関係や、自分一人で作ってきた関係を大事にしたい。誰かにお膳《ぜん》立《だ》てされた人生はイヤなんだ。……なんか、クサいこと言ってごめんね」

そのとき、自分の頭の頂点に雷がズドーンと落ちたような感覚があった。人生で一番大事なのは、人間関係。正直、何を綺麗事《きれいごと》言ってるんだよと思う。けれど、だけど、あんなふうに綺麗事をまっすぐに言える人こそ、クズでぐうたらで怠け者で弱虫のわたしに必要なんじゃないか……。

いやいや、まさか。あんな頭髪チンゲ男（笑）。

オカメがまた一言、何か言い返した。小池は少し黙って、それから、照れたような、はにかんでいるような、でもってちょっと嬉しそうな、ていうかなんだか聞いているこっちの心のやわらかいところをつついてくるようなはっきり言うとすごく可愛《かわい》くてせつない声で「ありがとう」と言った。

その直後、スタッフが帰りのバスが出るとわたし達を呼びにきた。小池とオカメは名残惜しそうに何度も手を振り合って、別れた。オカメが去ったあとも、小池はその場に突っ立ったまま彼女の後姿を眺めていて、わたしはその姿を植木の陰からずっと観察していた。そのせいで、バスに乗り遅れた。

その晩、ベッドの中で小池の言葉をぐるぐる反芻《はんすう》し続けた。途中からは彼と空想上の会話を繰り広げていた。あのとき、わたしだったらまとめサイトについてもっとおもしろいことが言えたのに。人生で一番大事なのは人間関係という言葉に、どう答えたら彼ともっと近づけるだろう。自分でも、何でこんなことを考えてしまうのかわからなかった。ルックス的にも経済的にも、男としての魅力は全く感じていないのに。

翌日の集合時間は午前十一時。最初のイベントは、公民館前の広場での餅《もち》つき大会だった。

男性が五組のグループに分かれ、女性はどこでも好きなグループに参加できるという、昨夜の宴会と同じルール。昨日よりは分散傾向にあったが、それでも、ダル男とセコムのいる各グループには多くの女性が集まった。

今朝ジュリーに聞いたところによると、セコムはわたしのほかにも二、三人、色白ぽっちゃり系にアプローチしているらしく、それっぽい女性が二人、彼の両脇《りょうわき》をがっちりキープしていた。ダル男の右隣を辛くも確保したジュリーはさっそく包丁を手に取り、親の敵かという勢いでネギを小口切りしている。

ああ。北風が今日は強い。広場の周りにしつらえられた「大歓迎!」とか「ようこそ○市へ」と書かれたのぼりが暴れるようにはためいている。わたしはどこのグループにも加わらず、たんぽぽの綿毛のようにふらつきながら、絶望的なほどの敗北感に身を浸らせていた。

わたしは一生、ああいう女同士の争いに勝つことはできないと思った。そもそもリングにあがることすら無理。面倒くさい。その言葉しか思いつかない。やはり、わたしは淘汰《とうた》されるべき種なのだなあ。そうかあ。あーダルイ。さっさと家に帰って暖房ガンガンきかせた中でハーゲンダッツのパイントをスプーンで直《じか》でいきながら、自分がフィギュアスケートのオリンピック日本代表になった妄想でもしていたい。

「あの、よかったら僕たちのところで餅つきしませんか」

そう声をかけてきたのは、あの二岡だった。思考停止状態のまま、わたしは彼のあとをふらふらついていった。

二岡のグループには、彼の先輩らしき男がほかに三人いた。しかし、女性は一人だけ。昨日のフリータイムの間、ずっと二岡とツーショットだった三重県出身の二十二歳の事務員だ。仮名・まる子（前髪がジグザグなので。自分で切ったのだろうか）は居心地悪そうに作業台の横にちんまりと座っていた。

女性が一人しかいない理由はすぐに分かった。このグループの男たちは、昨夜の宴会のとき、隣の部屋で暴れてスタッフとひと悶着《もんちゃく》起こしていた連中だったのだ。

そのせいか、スタッフたちはもうこちらはいないものとしているかのように完全無視。連中はそれをいいことに、勝手に持ち込んだビールを空けまくり、酔っぱらうと隣のグループの女性達にちょっかいを出しはじめた。

リーダー格らしいカクテキ（自宅からもってきたという自作のカクテキを食べろ食べろとやたらうるさいので）はとくにタチが悪かった。まる子とカップルになりそうな二岡のことがおもしろくないらしく、餅つきを一人でやらせ、横から文句をつけ笑いものにしようとする。しかし、笑うのはカクテキの子分たちだけだった。それが気に入らないカクテキは、今度は超絶くだらない下ネタで二岡を執拗《しつよう》にからかいはじめた。

「おいー、なんだよそのちんたらしたリズムはようー。お前、ピストン運動もそんな調子なんか?」

「もっと腰を入れろよ、腰を。そんなんじゃ二十二歳のカワイ子ちゃんをヒイヒイいわせられないぜ~。お前、女をイカせたことあるのか?」

「そういえばお前、前にこいつらとピンサロいって、一分ももたなかったんだって? 嬢も驚いてたって、マジかよ」

二岡は顔を真っ赤にして黙々と餅をついている。餅を返す人がいないので一人二役状態で汗だくだった。

やっとのことで餅がつきあがると、わたしとまる子も丸める作業を手伝いはじめた。二岡はずっと無言だった。でも、心なしか目がうるんでいるように見える。その、バンビのようにかわいらしいふたつの目が。見た目が好みの男の子が悲しんでいる様を見ることほど、心が痛むことはない。なんとか励ます言葉はないかと考えていると、カクテキが缶ビール片手にこちらに近づいてきた。

「なー、ねーちゃん」

とカクテキはまる子に声をかけた。この男はさっきからわたしの存在をガン無視している。

「こいつ、包茎で早漏だぜ？　いいの？　満足できる？　こいつのテクじゃ満足できないかもなあ。俺のふっとい大根、味わってみない？」

そう言いながら、カクテキは作業台の上にあったおろし用の大根を股間《こかん》に当て、腰を卑猥《ひわい》に揺すった。

周りにいる他のグループの男たちはうすら笑いを浮かべていた。そして、女たちは完全にドン引きしていた。そんな彼女達の冷めた表情を、カクテキは満足げな様子で横目で見ていた。

だからわたしは餅を丸める手を休めぬまま、カクテキの顔面に穴を開ける勢いでまっすぐ見つめ続けてやった。

はじめはわたしのことを無視してバカみたいに腰を振っていたカクテキだったが、次第に動揺の色を見せはじめ、ちらちらとこちらに視線を送ってきた。構わずわたしはガン見し続け、彼がこちらを見たタイミングでフンと鼻で笑ってやった。

「何笑ってるんだ、お前」

「大根？　あんたのソレが大根？　里芋の間違いじゃなくて？」

カクテキの顔が熱い湯でもかぶったみたいに一気に赤くなった。「どういう意味だよ」

「ちんまりした里芋ぶらさげているくせにエラソーなこと言ってますねえ、ってことです」

何人かの女性たちがクスクス笑った。その声に励まされたわたしは、自分に勢いをつけるように丸めた餅をべちゃっとトレイに投げつけた。

「ていうか、あなたさっき、女をイカせたことがあるのかどうかとか言ってたけど、自分こそないでしょ。あなたみたいなのは絶対に女をイカせられないね」

「なっ……何を根拠に……」

「いやナイナイ。絶対ナイ。あれでしょ？　してる最中『き、気持ちいい？』って聞きまくるタイプでしょ？　うわー、キモーイ、まぬけー。そういうとき、女が頭の中で何考えてるか知ってる？　『あー、ダルイ。はやくいけよこの短小うすらばか』って思ってるんだよ」

「お前、女のくせに恥ずかしくねえのか？」

「は？　女とか男とか関係ないでしょ？　だいたいね、このわたしに下ネタで勝とうとするなんて、一億年はやいんだよ、この里芋糞野郎《くそやろう》！」

「里芋って言うのやめろ！」

「わたしがこの十年で活字化したあえぎ声が一体、何行分あると思ってんの？　自分でもわからないぐらいだよ！　数えたくもないよ、バカ野郎！」

「意味わからねえこと言ってんじゃねえ！」

バカ野郎、にさすがにブチ切れたらしいカクテキが、大根を持ったまま作業台を回ってこちらに近づいてきた。周囲の緊張感が一気に高まった。傍観していた男たちもさっと立ち上がった。が、カクテキを止めようとする者はいない。

ヤバイ、ちょっと言い過ぎたかな。でも今さら謝るのはなんかむかつくし、ていうか別にわたし悪くないし……ああ、どうやってこのピンチを回避しよう。

そのときだった。

真っ黒なイソギンチャクのようなものがシュルシュル飛んできて、わたしとカクテキの間にポトッと落ちた。

「いやあ〜みなさん！　楽しんでます〜」

陽気な大声があたりにとどろいた。小池だった。そして、その小池の変わり果てた姿を、一同は息をのんで見つめた。

姿、というか、頭部を。

てっぺんに、毛がない。カッパハゲ。まごうことなき、カッパハゲ。

わたしは自分の足元を見た。黒いイソギンチャクは、ヅラだった。

「あれ？　みなさん、俺がヅラだってしらなかったんですか？」

ミュージカル俳優みたいに両手を広げ、相変わらずのとんでもない大声で小池はそう言った。

「いやいや、びっくりさせちゃったかな？　あ、これよくできてるでしょう。高級品ですよ。触って確かめてみてください」

小池は大根を持ったままのカクテキに無理やり自分のヅラを握らせた。周囲の人々はあっけにとられて声も出せない。わたしもただ黙って彼のことを見つめていた。

だって。

なんで。

あんなにハゲているのに。

なんで？　わたしは泣きそうなほど感動しているの？

いやいやありえないし（笑）若ハゲ（笑）しかもヅラ（笑）わざとあんな陰毛風にして変なところに金かけてるのがまた笑えるし（笑）。

けれど。

こんなふうに身をなげうってわたしを助けてくれるような男、これまでいただろうか。

こんな人と、人生をともに生きていきたいような気がしないでもないでもないでもないでもないでも……。

小池がこちらを見た。

わたしたちはそのまま、数秒、いや数十秒、もしかすると一分かそれよりもっと長く、見つめあった。小池は白地に「海胆」と超デカく書かれたTシャツを着ていた。わたしも、うに大好きだ。バケツ一杯だって食べられる。

小池の頭部の両サイドに残った髪が、風に吹かれて、いかりくるったタコの足みたいに暴れている。

そのとき、わたしと彼の中で、言葉にならない何かが通じ合ったような気がした。けれど、気がした、と思うと同時に、小池は戸惑うように目を伏せ、その通じた何かはぷつりと途切れた。小池はまたおどけた調子に戻り、カクテキに握らせた自分のヅラを今度は二岡に触らせはじめた。気づくと、周囲の人々はほっとしたような笑顔になっていた。

茫然《ぼうぜん》としているのはわたしだけだった。

餅つき大会が終わると、昨日と同じ体育館へ移動し、少しの休憩をはさんで最後のフリータイムが行われた。まっ先にわたしに近づいてきたのは、セコムでも小池でもなく、オカメだった。

「南さん、小池さんのこと、好きになりはじめてるでしょ」

そのおだやかで母性のかたまりのようなオカメ顔で言われ、つい素直にうなずいてしまった。うなずいてはじめて、わたしは自分の気持ちを真っ向から認めた。

「彼も多分、南さんのこと気になってるよ」

「え? 本当に?」咄嗟《とっさ》に、オカメのもっちりとした二の腕を摑《つか》んでしまった。

「本当。だけどさ、本当に彼でいいの? 髪もあんなだし、お金ないよ?」

むむむーとわたしはうなった。髪は、いっそのこと坊主《ぼうず》にでもしてもらえばいいとして……お金。お金は問題だよ、お金は。だけど……むむむう。

「どうなの?」

「い、いいよ……うん、いいよ」

「本当に?」

「うん。もう、お金とか仕事とか、そういうのはただの付属品だから。そうだよね。そうなんだよ。こんなの綺麗事かもしれないし、もしかしたらすぐにまた考えがかわっちゃうかもしれないけど、わたし、彼そのものが、なんか好き」

「……」

「な、気がする。まだよくわかんないけど」

だんだん小声になってしまう自分が情けなかった。いや、でも、それが今のわたしの正直な気持ちであることは間違いなかった。細かいことは横においておくとして、わたしは彼と、もっとたくさんの時間を一緒に過ごしてみたかった。お金は……相手に頼らず自分で稼ぐものだ。頑張って小説を書いて、それでも足りなければラブホテルの清掃でもなんでもやればいい。

「小池さん、さっきの出来事がショックで、どっかいっちゃった」

「え？　何それ」

「あのとき、あの場をなんとかするために他に手段がなかったからやっちゃったけど、本当はあんなことしたくなかったのよ、あの、頭のヤツを取って見せたこと。そりゃ、当然よね。コンプレックスだからこそ、ああして、ああいうもので、その、あの、アレをごまかしてきたわけなんだから」

「ああ……」

「もう耐えられないからって、さっきここ、飛び出していった」

確かに、少し前に体育館を出ていく小池を見た。腹をおさえていたので、トイレにでもいくのかと思っていた。

「一回実家に荷物とりに帰って、それからすぐに東京に戻るって。二時間後の新幹線に乗るっていってたよ」

「へえ」

「へえって、いかないの？　追いかけないの？」

「追いかけてどうするの？」

「それで、好きって言うんじゃないの？　わたしだったらそうするけど。好きな人がもういなくなっちゃうんだよ？　連絡先もしらないんでしょ？　会えなくなってもいいの？」

「あ……そっかあ。いや……でも……」

「ほら、急いで急いで！　ここからだとタクシーで駅まで二十分ぐらいだよ。二時間っていうのは適当にいっただけで、きたやつにすぐに乗るつもりかもしれないから」

わたしはオカメに押し出されるようにして体育館を出た。そのまま走って最寄りの在来線駅までいき、そこでタクシーを拾って新幹線駅へ向った。そして新幹線の改札口につくと、とりあえず祈った。「小池は実家に寄らずにもっと前の新幹線に乗ってしまったか、あるいは実家でおじいちゃんの顔を見て心変わりをしたかで、とにかくここには姿を現しませんように」と。

祈りは通じた。

小池は現れなかった。

わたしは夜の八時までそこにいた。ホテルに戻ると他の部屋は全てチェックアウトが済んで、帰りのバスが出たあとだった。わたしは自腹で延滞金を支払い、最終の新幹線で一人、東京へ戻った。車内で食べた助六寿司（本当は地元の駅弁が食べたかったのに売り切れだった）は妙に塩辛い味がした。

そして数日後、わたしはたった一人で三十三歳の誕生日を迎え、さらに数日後、オカメに出し抜かれていたことをしった。

ある日、なんとなく気になって、あのお見合いイベントのサイトを見にいってみた。すると、あの二日間の模様をレポートしたページがアップされていた。フリータイムや餅つき大会のときの画像が並び、その最後に、告白タイムを経て成立したカップル全十二組がツーショット画像付きで紹介されていた。

ダル男は結局、女性参加者最年少の十九歳の花屋店員とカップルになったようだ。二人のツーショット画像をよく見ると、危険球にブチ切れる助っ人《すけと》打者みたいな恐ろしい形相のジュリーの顔半分が端に見切れていた。それに気づいたとき、なぜか涙がこぼれそうになった。

セコムは大方の予想に反し、色白でもぽっちゃりでもなんでもない、三十八歳の体育教師とカップルになっていた。画像についているキャプションによると、餅つきのときの彼女の勇ましい「ヨイショー」の掛け声に惚《ほ》れたのだそうだ。

そして、小池とオカメのツーショット画像もあった。

キャプションには、最後のフリータイムでのオカメによる積極アプローチで小池が心を決めた、ということが書かれていた。

二人はベンチに並んで腰かけ、顔を寄せ合ってカメラにポーズをとっていた。わたしは悲しんでもいなければ、むかついてもいなかった。負けたのだ、と思った。ただただ、勝負に負けたのだ。

それからわたしはデビュー以来、これ以上ないぐらいの集中力を発揮して毎日原稿を書いた。バイトもクビ覚悟でサボりまくり、結局うすらハゲの彼氏とダメになってしまったT美さんからの合コンの誘いも断りまくり、寝て食べる以外の時間の多くをパソコンの前で過ごした。そして翌月の終わり、とりあえず途中までの原稿を担当編集者に送り、二週間後、S社に呼び出された。

しばらく家を出ない間に、すっかり季節は春めいていた。まだ風は少し冷たいが、近所の桜のつぼみが膨らんでいた。この桜が咲くたびに、いつまでこの町で一人きりで生きていくのだろうといつも考えていた。今はもう、原稿のことで頭がいっぱいで余計なことは考えられない。とにかくはやく書き終えて、この苦行から解放されたかった。終わったら真っ先に回転寿司屋にいって財布のことを気にせずうに軍艦を腹がはち切れるまで食べまくりたい。

S社では久々に会う担当編集者にまず体調を気遣われた。そして、まるで新宿から渋谷へいくのに山手線外回りに乗るかのような遠回しな言い方で、もっと身だしなみに気を使うように指摘された。

確かに、その日のわたしは十年前に購入したコンビニ専用のジーパンに、毛玉だらけのパーカー、首にはJ子の手編みマフラー(黒とイエローのボーダー。ミツバチがコンセプトらしいが、どう見ても踏切の遮断機)をぐるぐる巻きにするというとんでもないいでたちだった。しかもスッピン、髪は二日洗っていない。

打ち合わせはわりとすぐに終わった。書き直しを命じられたらどうしようと不安に思っていたのだが、短い時間で書いたわりには結構褒められてほっとした。直しは細かいものばかりだった。

「じゃあ、この調子でがんばりましょう。なんとか年内には刊行しましょうね。南さんが三十三歳のうちに」

「ああ」と曖昧《あいまい》な返事をわたしはした。三十三歳かあ。そして来年は三十四歳かあ。その頃、わたしは一体何をしているのだろう。この本を最後に原稿の仕事はなくなって、今のバイトもクビになって、それでラブホテルの清掃でご飯を食べる生活になるのかなあ。

「そうそう、すぐ近所にあるうちの宿泊施設で、今、Yさんが缶詰になってるんですよ。ちょっと会ってきます?」

わたしは編集者に連れられ、社屋から歩いてすぐの宿泊施設へ向った。そこは小さな和風旅館のようなたたずまいの建物で、Yさんは一昨日、地元の名古屋から出てきてここの一階の部屋に泊まり込んでいると言う。

玄関で靴を脱いでいると、ドタドタと階段を下りてくる足音が聞こえた。Yさんかと思って顔をあげ、そのまま わたしは、立ったまま数秒、気を失った。

「南さん、南さん大丈夫ですか？」――

編集者に腕を揺すられ、ハッと我にかえる。目の前に立っている男の顔をぼんやりとながめる。どこからどう見ても。縦から見ても横から見ても。

小池。

「あ、あの……」小池は魚みたいに口をぱくぱく動かした。「どうして、ここに」

「それはこっちが聞きたいです」わたしは平静を装《よそお》って言った。しかし実際は「聞きたいです」の直後にむせて鼻水が飛び出したので動揺しているのはバレバレだった。

「あ、いや、俺は打ち合わせで。今度、小説のカバーイラストを描かせてもらうことになったから」

「ああ」と編集者が手を打った。彼女いわく、二階である男性作家がゲラ作業のために缶詰になっているそうだ。

今日の小池は変なTシャツではなく、青と茶色のチェックのシャツに、肘《ひじ》のところに可愛いワッペンのついたジャケットを着ていた。そして、黒いニット帽をかぶっている。

「あ、今、俺の頭見たでしょ」

小池はズルッとニット帽をはぎとった。坊主、というよりほぼスキンヘッドになっていた。

「ま、このほうが潔《いさぎよ》いかなと思って。カツラとか、往生際《ぎわ》が悪いよね」

「あの、オカメちゃんとはその後……」

「へへっ」と小池は苦笑した。「あの人には騙《だま》されたよ。もう会ってない」

「え？　どういう意味？」

「あの人、うちの会社の従業員だった。親父《おやじ》の会社ね。うちの母親にけしかけられて、あのお見合いイベントに応募したらしい。うまくいったら結婚させてやるって。金目当てじゃなく中身を見てくれそうな、いい子だと思ったんだけどなあ」

そのとき、玄関の戸が開き、買い物に出かけていたらしいYさんが中に入ってきた。上下揃いの真っ青な色のスウェットジャージを着ていて、わたしは思わず「ドラえもん？」と言ってしまった。

「うるさいな。自分だって何、その服。近所じゃないんで、もっとまともな服もっとるでしょ。なんなの？」

そう言われて、小池の前で世にも汚らしい格好をしていることに今さら気づき、インパラのように逃げ出したい気持ちになった。

「あ、ていうかさ、南さん」Yさんは何か思いついたようにパンと手を叩いた。「知っとった？ わたし昨日はじめて知ったんだけど、ここのお風呂《ふろ》、温泉ひいとるんだって。内湯だけど、本物の旅館みたいででーら広いんだよー」

「へえ」

「なんか南さん、髪の毛ベタベタしとるし、ひとっ風呂浴びてったら？」

「えー、うるさいなあ……あっ！」

わたしの突然の大声に、三人ともびくっと体を震わせた。

「ちょっと、一体、何？」

「いやだって……え！ 温泉！」

「温泉がどうかしたの？」

「あ、そういえば」小池が言った。「南さん、お料理合コンのときに言ってたよね。彼氏ができたら一緒に温泉にいきたいって」

「はい」

「彼氏、できたの？」小池が聞く。

「あの、できてないですけど、あの、もしよかったら」

「はい」

「一緒に温泉入りませんか？」

今度は三人が揃って「え！」と大声をあげた。Yさんがわたしにつかみかかり、「大丈夫？」と言った。「何？　あまりに彼氏ができんもんで頭おかしくなったの？」

ハハハと小池が笑い声をあげた。「いや、南さんってやっぱ、面白いっすねー。あの餅つきのときもサイコーでしたよ」

「いや、わたし冗談じゃないんです。本当に一緒に温泉入りたいんです」

「え……さすがにそれはちょっと」

「無理ですか」

「はあ」

「……そうですか。まあいいか、あいつもう成仏したし」

「え？」

「いや、なんでもないっす」

「あの……いきなり一緒に温泉ははやすぎると思うんで、とりあえず今週末、映画でも見にいきますか？」

「それって、デートってことですか」

「ええ、まあ」

「交際を前提としたデートですか」

小池は数秒ぽかんとして、それからぷっと吹きだした。「まあ、そうだね」

そのとき、どこからか聞きおぼえのある声で「風の中のすばる～」の歌が聞こえた。戸を開けて外に出た。何もない。誰もいない。

「どうしたの、南さん」

わたしは彼らに向き直った。「なんでもない。ただ、ちょっと――」

「あ、なんかここについてる」

小池がわたしの背中からなにかをはがした。手のひら大のポストイットだった。そこにはクッツッツッソ汚い字で「ブタ並みの　ケツに一生　敷いてやれ」と書かれ、その横にブタの鼻をつけたわたしの似顔絵が添えられていた。

解説――あなたは誰と結婚したい？

豊島ミホ

『婚活1000本ノック』。私は少なくとも四度、この作品を読み通した。九年前に単行本が刊行された時に二度、今回解説を書くにあたっても、二度。そして、悩んでいることがひとつある。

この作品に何か他人が付け加えること、ある？　この最高の読後感を得たあとに？ただならない作品だと思う。初読では、語り口の軽妙さとテンポの良さにまず惹《ひ》かれる。さまざまな異性と出会っては別れることの繰り返しである婚活に、クズ男の幽霊・山田が思いっきり緩急をつけてくれるのもいい。笑いながら読み進んで、でも後半は胸が熱くなる。本を閉じる時には、ああ面白い小説を読んだ！　と思う。

けれども再び読み始めると、笑えるディティールと勢いの良い話運びの奥に、思いのほか頑丈な骨格が見えてくる。この小説では、主人公の南綾子が五種類の婚活を経験する。お料理合コン、小規模なお見合いパーティ、昔ながらの親戚《しんせき》の紹介、婚活サイト、そして地方の嫁募集系お見合いパーティ。そこに「一見正解っぽい」男性と、結婚相手としては間違いなくハズレであろうクソ男が現れて、主人公の南さんは毎度クソ男に惹かれてしまう……というのが、多少の差はあれど各話の基本になっているパターンだ。けれども、その繰り返しが単なるループにはなっておらず、螺旋《らせん》階段を上がるように、少しずつ南さんの心情を変化させていく。少しずつだからこそ、ラストに説得力がある。

この作品は私にとって満点のエンターテイメント小説で、単純にばりばりかじって味わってもらえばよく、菓子折りの化粧箱に入った説明書みたいなものは不要に感じる。だから解説は、『婚活1000本ノック』を読んだ人のための、アフタートークの場にしようと思う。ネタバレ全開の感想放談会！　本文未読の方は決してこの先を読まないで下さい。面白さは保証しますので、ぜひ本文からお目通しをお願いします！

さて、ここからは読み終えた方だけに語りかけるつもりで書きますが、この小説を読む度にやりたくなるのが、「南さんが出会った男をヤバい順に並べるゲーム」。婚活中の／もしくは婚活フィールドに侵入している結婚する気のない男性が、作中には次々と登場する。彼らはそれぞれ味のあるヤバさを持っていて、私は読後その「ヤバさ」をじっくりと思い返したくなる。

第四話の黒タンク男は生粋のアウトローなので別格。でも私の中では第三話のマスクマンもそこに並ぶくらいヤバいやつ。自室の床にペペローションのボトルを転がしている男……ほんと無理！というか、私は解説を書くため登場人物についてのメモを取りながら本文を読んでいったのだが、マスクマンの横には一言「アホ」とだけ書いてある。部屋に入る前にじゅうぶんわかるほどアホだった。

チャラい系だと第二話の料理講師、第五話のラジ男などのしょうもないやつがいるが、今回読み返して私が最も警戒すべきだと思ったのは、第四話で親戚づてに紹介されるお見合い相手・山羊《やぎ》男である。容姿がよく、笑いのツボが合い、一緒に居て楽しい、おまけに家が金持ち……パーフェクトにも思えるが、思い込みが強い・こちらを理想化してくる・主人公気質で周りの人間はみんな彼の味方、という結婚相手としては最悪の特徴も同時に持ち合わせている。山羊男から逃げ出した南さんの勘は多分正しい。

逆に、単行本で読んだ時に「いいじゃん！」と思ったのはベジータである。ジェントル、知的、丁寧に話を聞いてくれる。額が急角度のM字だとかヒゲの剃《そ》り跡が濃いなんてことは一ミリも気にならない、私だったら積極的にこの人を捕まえにいく！　なのに生理的に無理って、南さん一体どういうこと？（※もちろん、作者たる南綾子ではなく、物語の中の南綾子にうったえています。）この本の中で結婚できる相手はベジータか小池だけだよ。そして正直なところ、経済的条件を加味して、推したいのはベジータ……。

しかし単行本の刊行から九年が経《た》ち、この本の中で「いい男」は誰なのか、誰が結婚に値するか、という評価は変わった。自分でもびっくりしたが、今回個人的に一番惹かれたのは山田であった。婚活において有用なアドバイスをくれるものの、結局のところ自分の（成仏《じょうぶつ》の）為《ため》に動いているだけだし、そもそもやり逃げしたクソ男……というのが初読時の評価だったのに、九年が経って既婚アラフォーになった私は、思いのほか山田にキュンときてしまったのである。

特に撃ち抜かれたのが、南さんの背中にある肉割れ線のようなものを山田が指摘するシーン。「こんなんだから、わたし彼氏ができないのかな」と落ち込む南さんに、山田はこう声をかける。

「いや、それは関係ないとおもうで。腹の横皺《よこじわ》は嫌やけど、背中のデブ線は、なんかネコの模様みたいでかわいいと思ったし。俺は」

肉割れ線を！　ネコの模様みたいでかわいいと思う！　ぎゃあああ……！　こんな台詞《せりふ》が策略でもなんでもなくさらりと出てくる山田って、クソ男ではあるかもしれないけど、なんか好き。この小説の中で心揺さぶられる人を選ぶなら、やっぱり（主人公と同じく）山田だなあ……。

婚活小説という性質上、男性陣は誰もがそんなに紙面を割いて書き込まれているわけではないのに、まるで実在の人間であるかのように、いい男だとかあいつは良くないとか語りたくなってしまう。このキャラクターの立ち上がり方はおそらく、著者の経験に根ざしている。冒頭の断り書き――登場人物は実在するが三割嘘《うそ》とか、まあそうは言っても冒頭から私の嘘は始まっているとか、あげくに霊視体験をしたことがあるとか――が人を食った内容なので、野暮は承知のうえ断言してしまうが、リアル南綾子が三十代前半に婚活に勤《いそ》しんだことは事実である。お見合いパーティや婚活サイト、ナンパされるバーなど、多種多様な出会いの形を試したことも。

私は南綾子の友人であり、この作品が執筆された時期に、やはり三十代の未婚であった。作中に登場する戦友レベルの婚活仲間でこそないが（私が結婚を決めた時、南さんは「豊島さんがしたことなど婚活のうちに入らない」とコメントした）、彼女の婚活報告はよく聞いていた。一緒に合コンに行ったこともある。二対二の席で、南さんは五歳年下の男性にアプローチされたものの嬉《うれ》しそうではなく、確か一回食事したくらいでもういいやとか言ってフェードアウトした。私はもうひとりの男性から交際を申し込まれたが、一回目のデートでお別れに直結する大喧嘩《げんか》をかまし、「本当は南さんのほうが顔が好みだった」という捨て台詞を吐かれた。作中の南綾子はやる気がないわりにモテるが、これは「マジ」のほうに属する描写である。

この小説を読むと、あの頃のことを思い出す。今日こそはいい出会いがあるかもと期待しながら合コンの集合場所への道を歩いて、でもフタを開けた時の、あ〜、今日も現実は現実だなあ、という感じ。好みでもない異性に愛嬌を振りまいたあげく塩対応される時のつらさ。いくら友人でも考えていることまではわからないから、そこの「マジ度」は断言できないけれど、主人公の心情描写にもやはり、経験からのリアリティを感じる。マッチングアプリやＬＩＮＥが主流でない時代の物語に、今の読者が違和感を持つことを作者は懸念《けねん》しているようだが、少なくとも二〇二三年現在、ある程度長期的なパートナーを探す時に感じる悩みや不安は、そんなに変わっていないのではないだろうか。

「でもみんなちょっと不器用なの。ちょっと不器用っていうかさ、なんか変なこだわりがあったりさ、人づきあいが苦手だったりさ、空気が読めなかったりさ、髪の毛ながかったりさ、そういうことがあってなかなかうまくいかないけど、でもみんな、誰かのことを好きになって、その人と結ばれて、幸せになりたいだけなんだよ」

ぐるぐると巡る思考や孤独への不安を踏み越えて、第五話で主人公から放たれる叫び。これが誰にも届かなくなる時代は、人類の在るかぎり来ることはないだろう。

最後に、この小説に惚《ほ》れて他の南綾子作品も読んでみたい方へ、簡単な紹介を。

最新作の『死にたいって誰かに話したかった』(双葉文庫)は、『婚活1000本ノック』のさらに向こう側を描いた本だ。タイトルから察せられるように『婚活〜』ほどコミカルではないが、テンポの良さと読みやすさは健在。そして、結婚や恋愛の相手が見つからなかったり、既にパートナーを失ってしまったりしている男女が、人間対人間として関わっていくというテーマが深く胸に沁《し》みる。

また、『婚活1000本ノック』のもう一つの文庫化の形であった『結婚のためなら死んでもいい』(新潮文庫)も、本作とは設定から異なる別の話(南さんは三十七歳で、そもそも山田がいない!)なので、婚活小説のおかわりとして読むことができる。

この作品に付け加えることある? とか言ったわりに長々と書いてしまった。が、最後の最後に、まだ言いたい！

『婚活1000本ノック』は単行本の時にもっと売れるべき傑作であった。奇跡でよみがえった今回の文庫に、外野からも「売れろー!!」と念を注入しておきたい。意外と堅実な南さんは資格の勉強を始めているので、このままだと作家じゃない何者かになってしまうぞ!! 大テレビ局のフジテレビ様、面白いドラマを頼みます！

では、この作品のヒットと、読者の皆様の幸せを願って。

（二〇二三年十月、元作家）

この作品は二〇一四年十二月新潮社より刊行された。

彩瀬まる著
あのひとは蜘蛛を潰せない

28歳。恋をし、実家を出た。母の〝正しさ〟からも、離れたい。「かわいそう」を抱えて生きる人々の、狡さも弱さも余さず描く物語。

山本文緒著
自転しながら公転する
中央公論文芸賞・島清恋愛文学賞受賞

恋愛、仕事、家族のこと。全部がんばるなんて私には無理！ ぐるぐる思い悩む都がたどり着いた答えは――。共感度100％の傑作長編。

柚木麻子著
私にふさわしいホテル

元アイドルと同時に受賞したばっかりに……。文学史上もっとも不遇な新人作家・加代子が、ついに逆襲を決意する！ 実録(!?)文壇小説。

加藤千恵著
マッチング！

30歳の彼氏ナシOL、琴実。妹にすすめられアプリをはじめてみたけれど――。あるあるが満載！ 共感必至のマッチングアプリ小説。

窪 美澄著
トリニティ
織田作之助賞受賞

ライターの登紀子、イラストレーターの妙子、専業主婦の鈴子。三者三様の女たちの愛と苦悩、そして受けつがれる希望を描く長編小説。

吉川トリコ著
マリー・アントワネットの日記
(Rose/Bleu)

男ウケ？ モテ？ 何それ美味しいの？ 時代も国も身分も違う彼女に、共感が止まらない！ 世界中から嫌われた王妃の真実の声。

婚活《こんかつ》1000本《ぽん》ノック

新潮文庫　み－66－2

令和六年一月一日発行

著者　南《みなみ》綾《あや》子《こ》

発行者　佐藤隆信

発行所　株式会社新潮社

郵便番号　一六二―八七一一
東京都新宿区矢来町七一
電話　編集部(〇三)三二六六―五四四〇
　　　読者係(〇三)三二六六―五一一一
https://www.shinchosha.co.jp

価格はカバーに表示してあります。

乱丁・落丁本は、ご面倒ですが小社読者係宛ご送付ください。送料小社負担にてお取替えいたします。

印刷・株式会社三秀舎　製本・加藤製本株式会社

ISBN978-4-10-102582-7 C0193